A última saída
História de uma conversa

Kalina Stefanova

A última saída
História de uma conversa

Tradução de Fernanda Ruiz

MAGNITUDDE

A última saída
História de uma conversa

Título original: *The Last Way Out*
Copyright © 2013 by Kalina Stefanova
Copyright desta tradução © 2013 by Lúmen Editorial Ltda.
All rights reserved

***Magnitudde* é um selo da Lúmen Editorial Ltda.**

1ª edição - setembro de 2014

Direção editorial: *Celso Maiellari*
Direção comercial: *Ricardo Carrijo*
Coordenação editorial: *Sandra Regina Fernandes*
Preparação de originais: *Sandra Regina Fernandes*
Projeto gráfico, capa e diagramação: Vivá Comunicare
Impressão e acabamento: Gráfica Paym

DADOS INTERNACIONAIS DE CATALOGAÇÃO NA PUBLICAÇÃO (CIP)
(CÂMARA BRASILEIRA DO LIVRO, SP, BRASIL)

Stefanova, Kalina
  A última saída : história de uma conversa / Kalina Stefanova ;
tradução de Fernanda Ruiz. -- São Paulo : Lúmen Editorial, 2014.

  Título original: The last way out.
  ISBN 978-85-65907-30-9

  1. Ficção búlgara I. Título.14-09545

14-09545   CDD-833.92

Índices para catálogo sistemático:
1. Ficção : Literatura búlgara   833.92

Lúmen Editorial Ltda.
Rua Javari, 668 - São Paulo - SP - CEP 03112-100 - Tel/Fax (0xx11) 3207-1353

visite nosso site: www.lumeneditorial.com.br
fale com a Lúmen: atendimento@lumeneditorial.com.br
departamento de vendas: comercial@lumeneditorial.com.br
contato editorial: editorial@lumeneditorial.com.br
siga-nos nas redes sociais:
@lumeneditorial | facebook.com/lumen.editorial1

2014
Proibida a reprodução total ou parcial desta obra sem prévia autorização da editora
Impresso no Brasil - Printed in Brazil

*À minha Mãe, ao Indiozinho,
Com gratidão, amor e admiração*

Sumário

Capítulo 1: O pensamento 09

Capítulo 2: A caminho de Muhcho 17

Capítulo 3: A segunda porta 29

Capítulo 4: O sonho 47

Capítulo 5: O Banco Espiritual 55

Capítulo 6: Os geradores de pensamentos ruins 75

Capítulo 7: Mas... 93

Capítulo 8: Três horas no Aeroporto de Amsterdã 109

Capítulo 9: O último poder mágico 121

capítulo 1

O pensamento

Era um daqueles raros momentos de outono entre a tarde e a noite, quando se manifesta em você a gratidão a Deus por estar vivo. O sol estava enviando suas carícias de longe, como se fosse uma despedida. O ar era como uma extensão de sua pele – suas extremidades começavam a sentir frio – e, mais importante, ele estava imbuído de uma paz peculiar, quase tangível, que se infiltrava em todos os lugares. Como se a energia invisível do universo e tudo no mundo visível que podia sentir uma alegria tão sublime houvesse congelado em um momento de unidade absoluta e não se atrevia a se movimentar.

Estar ao ar livre e não sentir isso significava apenas uma coisa: que algo estava errado.

Ann não sentiu. Ela havia chegado a Frankfurt para a Feira do Livro, e agora, no final do seu segundo dia, um revezamento mental de uma natureza completamente diferente estava acontecendo em sua mente. Catálogos, livros, novos nomes e rostos, possíveis futuros negócios para a sua pequena agência literária, editores... cálculos... Seus pensamentos estavam correndo para se materializar nas páginas de um pequeno caderno, onde Ann estava freneticamente tentando capturar todas aquelas informações. Ela estava sentada em um banco de uma parada de ônibus do centro e a maioria das pessoas ao seu redor também haviam recém-saído da Feira, todas tinham em seus olhos o mesmo olhar, um pouco louco, como se o barulho das máquinas de calcular estivesse ecoando.

Foi por isso que ninguém prestou atenção quando uma mulher jovem de pele escura parou no banco de Ann e um cão marrom-chocolate de porte pequeno, com pelos curtos e brilhantes, se acomodou ao lado dela. A mulher claramente não tinha nada a ver com a indústria editorial, já que ela exalava tranquilidade e estava visivelmente saboreando cada respiração daquele incrível final de dia. Quanto ao cão, ele tinha o tipo de olhos que faz você sentir que ele vai começar a falar com você a qualquer momento.

Ele não começou a falar, mas olhou fixamente para Ann, examinou-a da cabeça aos pés, cheirou-a, e em um momento quando duas motos barulhentas passaram zunindo por eles, de repente, ele colocou as patas dianteiras em seu banco e, olhando-a à queima-roupa, em voz baixa, quase sem voz, ele miou.

Em outras circunstâncias, Ann teria sido levada por esta nova surpresa que a vida estava lhe oferecendo, ela teria acariciado o animal e tentado fazê-lo miar novamente – para se certificar de que havia ouvido direito. Agora, no entanto, ela nem percebeu, pois estava tomada demais pelos problemas "globais" que estavam sendo resolvidos em seu caderno e em sua cabeça. O cão esperou o ônibus que se aproximava parar, e em meio ao tumulto das pessoas correndo para dentro e fora dele, reiterou a sua representação felina. O efeito, porém, foi zero novamente, então ele enrolou sua cauda e, com um ar de tristeza, se sentou no chão ao lado dela.

No dia seguinte, no mesmo horário, Ann se sentou no mesmo banco, e com a mesma indiferença para com o esplendor do mundo que a cercava, ansiosamente começou a trabalhar em seu caderno. Logo em seguida, a jovem mulher negra com o cão apareceram novamente. O cão deu um olhar inquisidor a Ann, com um brilho malicioso em seus olhos – como se estivesse rindo de si mesmo – então rapidamente varreu com um olhar as outras pessoas do ponto de ônibus e começou a puxar sua dona em direção a uma mulher com uma grande sacola de compras com um tigre-listrado desenhado, que estava pendurada quase até o chão. Assim que alcançou a sacola, o cão literalmente se jogou para debaixo dela, prendeu sua cabeça e a virou na direção de Ann, arrepiou-se e deu um rosnado um pouco alto, mas que de qualquer forma não era um rosnado de um cão. Desta vez, a jovem obcecada por trabalho da Feira do Livro dignou-se a dirigir-lhe o olhar e até mesmo deu um sorriso, mas o revezamento mental em sua mente rapidamente puxou-a de volta para as pequenas páginas em seu colo.

A terceira noite começou sua descida sobre o ponto de ônibus e com ela veio Ann e a mulher negra com o cão no banco. Assim que ele avistou Ann, o animal mostrou os dentes, começou a mexer sua barriga com alguns movimentos estranhos e continuou lançando olhares de gelo para ela. Ann agora estava visivelmente mais calma. Poderíamos até dizer que ela quase tinha voltado aos seus sentidos – a Feira havia acabado, o que liberou um espaço em sua cabeça.

Foi exatamente nesse espaço que, de repente, um pensamento surgiu:

"Um tigre, eu entendo, mas um gatinho se transformando em um tubarão? Isso já é demais pra mim!"

O pensamento não era dela, com certeza. Ann revirou sua mente de trás para frente, da maneira que se retrocede um disco, e seus olhos que até então vagavam aleatoriamente, foram pousar, como por capricho, sobre o cão. Parecia-lhe – por um segundo fugaz, pelo menos – que o animal havia piscado para ela e levantado sua sobrancelha em algo parecido com um meio sorriso. Ann cuidadosamente olhou para ele. O cão começou a abanar o rabo alegremente, em resposta e, colocando rapidamente as patas nos seus joelhos, repetiu o show da primeira noite. Só que desta vez, junto com o miado, ele fez algo bem típico de um felino contente, que é o movimento de "amassar" com as patas.

Quase ao mesmo tempo que esse "miado" inesperado e absurdo do cão, – vamos deixar claro, Ann não tinha certeza alguma de que havia realmente ocorrido! – Um novo pensamento correu para dentro do espaço que a Feira havia liberado em sua cabeça:

"Você era um gatinho hoje, não era?"

Desta vez, o pensamento poderia ter sido dela. Mas poderia ter sido do cão, também...

"Do cão...?"

Esta suposição repentina provocou uma reação em cadeia um tanto quanto estranha na consciência de Ann. Como se um fura-

cão pegasse todos os seus pensamentos da Feira do Livro, girasse-
-os como se estivessem em um funil, de modo que deixassem de
ser diferentes uns dos outros, e em um instante houvessem sido
atirados para fora de seu cérebro. Ao mesmo tempo, era como
se as pessoas, o ponto de ônibus, a cidade – ou seja, tudo o que
até agora tinha significado para ela não significasse mais nada,
somente a Feira e nada mais – tivessem perdido seus contornos
concretos e começado a vibrar como um todo, composta de milhões de pequenas partículas em todas as diferentes nuances de
azul e rosa, as cores do céu naquele momento. Uma incrível leveza e serenidade tomou conta de Ann. A luz suave do sol poente
lambeu suas mãos e, pela primeira vez durante todos esses dias,
ela percebeu o esplendor do verão indiano e respirou o seu fres-
cor com alegria. A temperatura do ar era tão esplêndida que ela
já não sabia dizer onde terminava sua pele e começava o ar. Um
sentimento peculiar tomou conta do seu ser – ela não era mais
apenas um território marcado pelos contornos de seu corpo, de
alguma forma ela estava pisando além dos seus limites – e todo o
seu ser se fundiu com a beleza deste mágico início de noite.

Naquele momento, a bolsa de Ann escorregou de seu colo,
automaticamente sua mão se estendeu para resgatá-la, e seu cérebro rapidamente aproveitou a oportunidade para retomar a sua
rotina habitual de trabalho. A leveza que viera sobre ela desapareceu em um instante e uma sensação de total perplexidade tomou
seu lugar. Ann registrou o fato de que os pensamentos da Feira do
Livro haviam novamente voltado à sua cabeça, mas, ao mesmo
tempo, ela percebeu que eles, de alguma forma, estavam enfra-
quecidos – meramente uma parte da paisagem de lá, não mais do
que isso. Além disso, o mundo diante de seus olhos continuou a

ser cheio de cor e beleza. E à sua frente, sentado sobre as patas traseiras, o cão olhava para ela em um estado de bem-aventurança. Se há pouco tempo – há muito pouco tempo! – ele havia de fato miado, agora provavelmente estava ronronando, se derretendo de prazer!

"O que havia acontecido? E quanto tempo durou?" A razão e a lógica começaram a exigir o que lhes era devido.

Os anões de Ann, naturalmente, foram capazes de ajudá-la com as respostas certas. Eles haviam estado com ela todos estes dias. Seus pequenos rostinhos infantis – sua cópia em miniatura – cercavam sua cabeça como uma auréola, invisível para os outros. Dó estava se espalhando por toda a plataforma do seu ombro direito, Ré e Mi estavam compartilhando o outro – os três, às vezes, se penduravam em seus brincos como em um bonde com a parte superior aberta. Si e Fá estavam espiando do bolso superior direito da sua jaqueta, Lá – do bolso esquerdo, e Sol estava coroando o círculo, empoleirando em seu ponto de observação favorito – o clipe do cabelo que prendia seu rabo de cavalo. Em outras palavras, eles estavam todos em seus lugares habituais.

Ann, no entanto, parecia ter se desligado completamente da sua existência. Ela já não era mais a garota que os havia descoberto um dia em Nova York quando estudou lá. E, embora não fizesse tanto tempo que ela havia se juntado à chamada "força de trabalho" do mundo, ela, como a maioria das pessoas, tinha cada vez menos tempo para si mesma, isto é, para os seus anões. E não era apenas uma questão de tempo. Pois mesmo nos raros momentos em que estava "livre", seu cérebro muitas vezes ficava em uma onda de trabalho. Seus pensamentos estavam se transportando sem parar em direção ao que ela tinha "para garantir", manter um padrão de vida normal. Por este próposito, apesar de suas credenciais estrangeiras e todas as suas graduações, Ann tinha que ter muitos empregos. Tal era o país onde ela vivia. Este, por sua vez, fazia um constante malabarismo com cálculos para fazer as contas baterem – uma outra imagem familiar às pessoas ao redor do mundo.

É por isso que os anões não se ofenderam. Mas também não desistiram. Fizeram o que puderam para serem lembrados por Ann – ou seja, por sua profunda e verdadeira essência que faz dela um ser humano e não uma máquina de dinheiro, seja para uma quantidade pequena ou grande. Portanto, agora que ela era capaz de perceber a beleza novamente, agora que ela havia notado esse incrível cachorro (talvez real?) que mia, e o mais importante, agora que ela estava prestes a perceber que existem pensamentos que, por assim dizer, aparecem sem serem convidados – agora os anões estavam muito eufóricos, como haviam estado quando tiveram o seu primeiro "encontro". Mas eles sabiam muito bem que ao contrário daquela época – o momento fabuloso quando finalmente Ann os viu e, com a ajuda deles, redescobriu o mundo e a si mesma – agora as coisas seriam muito mais difíceis, quase impossíveis, de explicar. É por isso que eles decidiram deixar Muhcho fazer isso, ou, pelo menos, deixaram que ela tentasse.

capítulo 2

A caminho de Muhcho

Não que ela tenha esquecido o mistério de ontem, mas agora Ann não tinha tempo para pensar nisso. Ela não queria perder um segundo sequer do milagre. O avião estava ganhando altura e a terra na janela ao seu lado foi imediatamente se espalhando e diminuindo. Como se o mundo, como um gatinho, estivesse tanto se alongando – para que ela pudesse ver todo o seu esplendor – quanto rolando dentro de uma bola, para caber na palma de sua mão. Não importava quantas vezes ela já tinha voado, todas as vezes neste exato momento Ann sentia como se estivesse no meio de uma fantasia e que naquele momento e naquele lugar o impossível simplesmente não existia. Ela mal podia esperar que o avião voasse alto o bastante para que parte dela então escorregasse para fora da janela e caminhasse sobre as nuvens, dançando na ponta dos pés, pulando amarelinha – no tapete das planícies. Mas o que ela mais gostava era quando o pôr do sol ou o nascer do sol transformava o horizonte em um mar extraterrestre: ela então mergulhava no ouro laranja e no rosa tenro, colocava sua cabeça para fora para inalar toda essa beleza fabulosa e mergulhava novamente, e de novo, e de novo, até que ela se sentisse tonta de alegria. Em seguida, ela se infiltrou de volta pela janela para se juntar com o resto dos passageiros, como se estivesse nas mãos de Deus.

Em nenhum outro lugar Ann se sentia uma parte tão palpável do universo quanto em um avião voando no céu. Todo o seu ser se alegrava de uma forma singular e algo dentro dela lhe dizia que talvez... não, esse algo dentro dela realmente sabia – estava totalmente confiante! – que fomos criados para fazer mais, pois há dentro de nós, não utilizada, uma força incrível; talvez não precisaríamos sequer de um avião para superar longas distâncias, e talvez já tenhamos sido capazes de fazê-lo uma vez, outrora. E se realmente desejarmos, se acreditarmos com toda a nossa alma, se pararmos de desperdiçar nosso tempo em coisas sem sentido, em algum momento, num futuro não muito distante, seremos capazes de usar de novo todo esse puder...

Esta não era a euforia que experimentamos em nossa rotina diária hoje. Não tinha nada a ver com a excitação nervosa ou o êxtase triunfante de sucesso. Se trazia semelhança com algo familiar, era o sentimento de boa saúde ou de se apaixonar, ou ambos ao mesmo tempo: quando amamos o mundo inteiro e todo o mundo nos ama, quando há uma primavera em nosso passo e voar parece apenas uma questão de escolha.

O avião entrou em uma nuvem espessa e Ann instintivamente fechou os olhos: ela queria pelo menos preservar um pouco mais o divino sabor da beleza exterior, o estado bem-aventurado de harmonia com todo o universo no qual ela estava flutuando. Quando ela olhou novamente, a primeira coisa que viu foram os radiantes rostinhos de seus anões. Eles estavam a sua espera, empoleirados na parte de trás do assento à sua frente, e pareciam estar derretendo de felicidade.

"Será possível esquecê-los novamente?", ela disse para si mesma, mas não tinha tempo para censuras. Num piscar de olhos, a curiosidade bateu à porta de sua consciência para todos os outros pensamentos:

Eles a fazem lembrar de quem? A maneira como estavam naquele exato momento... De quem?

"O cão marrom-chocolate, é claro! Quando ele estava ronronando de prazer", Ann respondeu à sua própria pergunta na velocidade da luz. Porém, curiosamente, com quase nenhum traço de surpresa. A forma como ela se sentia agora, ainda parecia-lhe que no evento de ontem não havia mistério nenhum, que era totalmente natural. Ela, de alguma forma, teve aquela sensação em todo o seu corpo. Paralelamente, porém, ela sentia – em algum lugar profundo dentro dela – que o senso comum estava correndo até seu cotovelo, esta tranquilidade maravilhosa fora do seu eu, a fim de quebrar suas intermináveis perguntas. Não, desta vez ela não deixaria isso acontecer! Claro, ela lhe daria o chão, mas mais tarde, agora não. "Harmonia é harmonia, pois não pode ser explicada!", ela retrucou com sua própria razão. E o estranho era que sempre que ela tentou desafiá-la, ela precisou convocar toda a sua vontade para o resgate, havia seguido as instruções dos sábios e gurus nesta difícil domesticação – da besta em nossas cabeças – mas todas em vão! E ali estava ela agora, virando as costas assim, desse jeito, sem dificuldade alguma! Sem dúvida, as coisas maravilhosas trabalham no céu!

Na verdade, Ann teve uma ideia melhor para o resto de seu tempo no avião:

"Agora, vamos dar uma olhada no que escrevemos em nosso trajeto até lá", ela sugeriu a si mesma e aos anões. Em seguida, puxou um caderno fino amarelo de sua bolsa.

Em seu caminho a Frankfurt, quase em tom de brincadeira, ela esboçou o começo de algo como um livro infantil e agora parecia estar de bom humor para continuá-lo. Ann adorava escrever à mão e a lápis, e, como muitas vezes ela não conseguia terminar as palavras, mais tarde mal conseguia entender sua própria letra. Portanto, ela sempre se surpreendia quando revia seus textos. É por isso que Ann começou a ler com curiosidade agora:

O personagem principal desta história chama-se Muhcho. Eu sei que o nome soa estranho, principalmente para uma personagem feminina. Mas ela vive em um país onde as pessoas são muito preguiçosas para enumerar nomes e têm um truque para evitar isso. Por exemplo, você pergunta: "Quem estava na festa?" E eles dizem: "Bem, havia Ivan, Mivan, Daisy, Maisy ... em suma, todos eles" Não que Mivan e Maisy realmente estavam lá, não estavam mesmo. Elas nem sequer existem. Veja como funciona: você substitui 'M' pela primeira letra de um nome, você adiciona o nome recém-inventado ao real, cria mais alguns assim e *voilà* ... você acabou de criar uma equipe inteira!

Portanto, Muhcho na verdade vem de Puhcho. E Puhcho, por sua vez, vem de uma gatinha. Pois, na língua desse país,

Puhcho significa "fofa", no sentido que os gatinhos são fofos.

Que a personagem principal desta história tem um nome muito estranho é realmente muito natural, pois ela é uma personagem extraordinária. Ela não é uma criancinha. Ela não é uma criança grande. Ela também não é a irmã mais velha de uma criança pequena. Ela não é um gata, nem um rato ou qualquer outro animal. Ela não é uma princesa. Ela não é uma fada. Ela não é um alienígena. Não. Longe disso! Ela é uma mãe. Sim, sim, você acertou, ela é uma mãe! Pois as mães não estão lá apenas para lerem livros aos seus filhos; às vezes gostam tanto que penetram pelas capas dos livros e se transformam em personagens. Porém, raramente nos principais. E na maioria das vezes elas permanecem sem nome. O que não é agradável, não é? A mãe de fulano (seguindo o nome de um doce menino). Ou a mãe de fulana (segue o nome de uma doce menina).

Muhcho, no entanto, não é apenas uma mãe com um nome extraordinário. Ela também é a mãe mais extraordinária do mundo e de todos os outros planetas, de todo o universo. Pelo menos isso é o que sua filha pensa; a quem, neste caso, vamos nos referir simplesmente como filha da Muhcho. Isso é para fazer você ver o quão agradável é ser deixado sem um nome, para o resto da vida.

Por que a filha da Muhcho pensa e sempre afirma que Muhcho é a mãe mais extraordinária do mundo e de todos os outros planetas em todo o universo?

Agora era o mais difícil. Com essa preocupação Ann havia parado de escrever. Sobre o que contaria primeiro? Pois estava começando a parecer um verdadeiro documentário de conto de fadas. Não só Muhcho era sua própria mãe e não só ela havia recebido o seu apelido em questão, mas ela era extraordinária, no sentido mais concreto da palavra. Na vida real, Ann a chamava de "Muhcho mágica". E como chamá-la de outra forma depois de ter descoberto que sua mãe sabia sobre os anões, sobre sua coleção de monóculos mágicos e até mesmo sobre os anões de rua muito antes de si mesma! Na verdade, Ann estava convencida de que Muhcho sabia de vários outros segredos, mas ela simplesmente não se apressou em revelá-los a ela. Como se ela estivesse esperando por algo. Ou ela queria apenas que sua filha alcançasse as portas desses segredos por conta própria, e só então ela se juntaria para que elas as abrissem juntas.

Ann lembrou-se de sua viagem a Porto Rico. Ela não só tinha, pela primeira vez, olhado pelo monóculo verde e visto anões de outras pessoas sobre as nuvens, como outras coisas também haviam acontecido que ainda permaneciam fora de seu alcance. Aquela coisinha rosa, por exemplo! Ela podia jurar que havia visto com seus próprios olhos: uma das mães-anãs o trouxe lá de fora, pôs na mão de Muhcho, e ela o colocou de uma só vez em sua boca – sério, sem brincadeira! – Em seguida ela o olhou com prazer e o engoliu, e antes disso – apenas um segundo antes – a mãe-anã estava vagando pela neve como uma montanha de nuvens, palitos rosas na mão, e estavam, obviamente, sendo envolvidos com o algodão-doce favorito de Muhcho! Para Ann, não havia nada de bizarro no que estava acontecendo "lá embaixo": todos aqueles anões "amantes dos esportes de inverno" e até mesmo aqueles que pareciam estar pescando na pequena "lagoa" do céu azul em meio à nuvem espessa... Mas estavam todos lá e estava acontecendo com eles. Pois eles são uma parte de nós e às vezes agem como nossos pensamentos, não é mesmo? Mas por que é que havia acontecido o contrário daquela vez? Será que havia acontecido realmente? Pois uma coisa é ver os seus pensamentos rotineiros como se estivessem na palma de suas mãos, mas alguma coisa de lá literalmente rolou na sua mão, para que você pudesse tocá-lo e até mesmo comê-lo!

Depois do "encontro" de Ann com os anões, a palavra incrível havia quase desaparecido completamente do seu vocabulário. Mas isso? Mesmo no avião, parecia impossível ser verdade. E a mãe dela invariavelmente evitou o assunto. Além do mais, ela parecia estar desviando a conversa para longe no exato momento em que um pensamento abordou o assunto que passou pela cabeça de sua filha.

A propósito, leitura da mente era a especialidade de Muhcho. Ann estava convencida de que sua mãe, muitas vezes, sabia o que viria pela frente – pelo menos em um futuro próximo. É por isso que ela adorava lhe perguntar o que ela havia sentido sobre isto ou aquilo. E, curiosamente, Ann, por sua vez, tinha a sensação de que estes poderes "psíquicos" extraordinários estavam de alguma forma relacionados a um fato mais comum: a de que na vida cotidiana sua Muhcho fazia tudo com uma facilidade inacreditável, sem qualquer esforço – em suas mãos as coisas funcionavam, simples assim, aparentemente por vontade própria. Como se sua mãe estivesse permanentemente no estado que Ann apreciava somente na decolagem de um avião: ela era como uma extensão da natureza – harmonia e equilíbrio. Ao que tudo indica, para Muhcho em nenhum outro lugar, mas aqui na Terra, nesta nossa dimensão familiar, com todas as suas tarefas e, muitas vezes, pequenas coisas desagradáveis – o impossível simplesmente não existia.

Na verdade, meio sério, meio brincadeira, Ann muitas vezes disse que ela nasceu em uma família de três feiticeiras. Suas avós eram simplesmente iguais. Sua mãe riu com aquela declaração e, invariavelmente, respondeu que não havia nenhuma mágica envolvida, só o amor e tudo o que isso implica. E uma vez que, à primeira vista, essas palavras soaram de um modo um tanto banal, Ann sentiu algo misterioso nelas, algo que não foi totalmente expressado. O que exatamente era a natureza deste amor que fez milagres parecerem naturais? Pois, afinal de contas, ela também amava sua mãe, mas não podia ler sua mente, podia?

A verdade é que Ann teve muito amor em casa. Como acontece com muitas pessoas no chamado "mundo em desenvolvimento", nunca lhe passou pela cabeça que poderia haver alguma coisa, além da afeição entre as quatro. Não havia homens na família – todos haviam morrido antes que Ann tivesse idade suficiente para se lembrar deles – e as três mulheres ao seu lado a criaram para amar o mundo, acariciar as flores, falar com os animais, e fazer o bem – apenas porque é a mais natural das coisas – e também para antecipar, por sua vez, que é a melhor maneira de ter tudo isso de volta. E elas nunca levaram nada disso à sua mente como sermões formais e entediantes. Longe disso! Ela havia absorvido tudo isso em seus abraços e em seus jogos sem fim.

Na verdade, até hoje sua mãe continuava inventando os jogos mais inesperados e maravilhosos. Numa manhã não tão distante, ela começou uma brincadeira:

"Adivinha que animal eu sou hoje?"

Ann entendeu a dica de primeira, olhou atentamente para a sua mãe – como se estivesse vendo um animal – e respondeu:

"Esses arbustos, onde você está escondida, estão bloqueando minha vista, portanto eu não tenho certeza, mas você se parece com um tigre."

"Está perto, bem perto", disse sua mãe.

"A-há, sim, agora consigo ver melhor as manchas. Você é um guepardo."

"Acertou. E é melhor você acelerar o seu passo, porque, pelo que vejo, você é uma zebra hoje, não é?"

"Entendeu errado!" Ann voltou triunfante "Você não vê que sou uma gatinha?"

Ann era louca por gatos e muito naturalmente "entrou" no jogo com este "papel". Além disso, ela os imitava extremamente bem. Ela era principalmente boa em "estender as patas", e o seu miado era tão verossímil que todos os gatos de rua imediatamente aguçavam seus ouvidos e andavam ao seu encontro sempre que ela escolhia demonstrar suas habilidades. Não que a imitação fosse parte do seu jogo novo. Pelo contrário, o truque era adivinhar, por assim dizer, por telepatia, mas não doía fazer exceções de vez em quando. Além disso, o jogo estava começando, de modo que havia espaço para alterações.

Um pouco antes de Frankfurt, por exemplo, Ann aparentemente estava mal-humorada e zangada, e assim declarou:

"É bom ter uma mãe feiticeira, mas não o tempo todo. Como esta manhã: Acordei com a intenção de ser um jovem elefante e o que vi quando olhei para mim mesma? Um rato! Você deve ter me tocado com sua varinha mágica e me transformado no que você queria, é por isso que estou assim. E é isso que chamamos de liberdade de escolha?

Neste momento, sua mãe, por sua vez, aceitou a sugestão e, em tom conciliador, disse:

"OK, é verdade Eu queira muito ter um rato em casa hoje. Só por um dia. Amanhã, já que vai viajar, vou transformá-la em um jovem elefante e você pode ficar assim durante toda a Feira".

"Não, não, não será adequado para mim ser um elefante lá. Talvez eu bata acidentalmente em todos os seus estandes! É melhor que eu seja uma gatinha. É assim que me sentirei bem."

"Oh, você não acha que o resto das pessoas lá serão animais delicados, não é?" Sua mãe riu. "Posso imaginar o zoológico na Feira! Do jeito que você gosta. Minha varinha mágica está à sua disposição, mocinha. Apenas certifique-se de que não se transformará em uma gata grande enquanto estiver lá e volte uma predadora."

"Não se preocupe. Serei uma gatinha e pronto!" Ann respondeu. E o assunto foi encerrado.

"Então, em Frankfurt, você era uma gatinha, não era?" Ann ouviu sua própria voz interior ironicamente perturbando seus pensamentos sobre Muhcho e o novo jogo delas, o qual ela estava planejando descrever no livro para crianças, e sobre o qual – como se viu – ela havia se esquecido completamente durante a Feira.

"Você era uma gatinha, não era?" Ela repetiu mecanicamente como um eco – baixinho, como se tivesse acabado de acordar e estivesse tentando capturar alguma coisa de um sonho que já estava desaparecendo. Pois agora não era apenas uma linha do seu jogo com a Muhcho. Estas foram palavras ditas, ouvidas – ou pensadas? – muito mais recentemente. Ann não tinha dúvida. Será que ela realmente havia cochilado? Às vezes, ela conseguia recuperar seus sonhos, ou pelo menos parte deles. O truque era não tentar lembrar, só para relaxar, e a outra realidade, então, voltaria por conta própria. Ela fez o mesmo agora.

Porém, ao invés de um sonho, foi o início da noite de ontem que veio à sua mente – com todos os seus detalhes, mas de alguma forma desordenada, e... e... aquela linha, não, mais do que pensamento, sim, aquele mesmo pensamento entre eles... mesmo não tanto entre eles, mas no início... não, na verdade, havia outros pensamentos antes desse – sobre um tubarão, e sobre um tigre... e depois novamente sobre uma gatinha... sim, isso mesmo! – Ó Deus, que absurdo! – Ela se lembrou da frase inteira.

As coisas estavam começando a se juntar novamente. No entanto, quanto mais elas estavam voltando no lugar, mais palpáveis Ann sentiu os tentáculos do pânico se espalhando por dentro dela. Pois agora ela era plenamente capaz de perceber que esses pensamentos não eram dela. Com certeza! Ontem não, quando eles a haviam "visitado" pela primeira vez! Não que houvesse algo assustador sobre os pensamentos, mas por que é que eles não eram os seus próprios pensamentos? E de quem eram eles, afinal?

Ann olhou para os anões na esperança de alguma ajuda. Todos os sorrisos misteriosos estavam olhando para fora da janela – pouco atentos, aparentemente para evitar o encontro dos seus olhos. Automaticamente, Ann também olhou na mesma direção: o avião, logicamente, estava pousando naquele exato momento e aquela não era hora para conversa.

capítulo 3

A segunda porta

"Bom! Muito bom! Graças a Deus!" Muhcho exclamou com um entusiasmo totalmente infantil, como se ela quase não tivesse sido capaz de esperar a falta de fôlego de sua filha acabar.

"O que é tão bom?" Ann estava atordoada. "Que tenho alucinações? Auditivas e até mesmo na forma de pensamentos?"

"Sobre as alucinações auditivas você pode estar certa", disse Muhcho com um sorriso. "Nunca ouvi um miado de um cão, mas quem sabe, você pode esperar todos os tipos de milagres de animais. E não só isso, quando se trata de línguas. Como você já leu, algumas pessoas afirmam que os animais entendem tudo o que dizemos, mas nunca demonstram. Imagine o que aconteceria se eles demonstrassem – nós os tratamos tão mal! Mas isso é outra história. A verdade é que..."

Muhcho fez uma pausa, lançou a Ann um olhar sério, como se estivesse se certificando de que aquele era o momento certo para aquela conversa, e continuou:

"O fato é que eles são, na verdade, a segunda porta. Depois dos anões."

"A segunda porta? Para quê?" Ann perguntou automaticamente.

"Oh, estava tão feliz que você não falou comigo somente sobre seus negócios em Frankfurt! O que aconteceu com você... o que você sentiu... bem, tudo o que você acabou de me falar. E agora: 'para quê'? Além disso, eu já te disse, não disse: *após os anões. Eles foram a primeira porta*. Então ...?"

Enquanto isso Muhcho havia abraçado Ann e estava segurando sua mão com muito amor e carinho, como se fossem sair para caminhar ao longo de uma ponte frágil de corda fina, sobre um abismo profundo.

"Então...", ela continuou falando, como se estivesse se dirigindo a uma criança. "Eles são a segunda porta para os nossos próprios eus. Não só isso. E não da mesma maneira que os anões."

"Os animais?" Ann estava totalmente confusa.

"Bem, sim. Você acha que começamos o nosso jogo novo por acaso? O jogo de advinhação *que-animal-eu-sou-hoje*? Eu só queria prepará-la. Já era hora de você passar por essa porta também. Junto comigo e com os anões."

"Mas você sabe o quanto eu amo os animais. Por que toda essa preparação? E o que dizer de todas aquelas pessoas que sempre encontram nossos gatos de rua em seus caminhos? Eles..."

"Sim, sim, vamos chegar lá, porém mais tarde. Vou tentar lhe explicar tudo. Só não se apresse. Como sua avó costumava dizer, esta pressa constante será a nossa ruína: não podemos viver fora do ritmo com a natureza – por tanto tempo! – E não tropeçar um dia... A propósito, os animais tentam nos proteger disso também. Mas vamos tratar de uma coisa por vez... Por falar em nossos gatos, vamos vê-los."

Muhcho sugeriu isso com o mesmo entusiasmo que havia falado até o momento. No entanto, Ann sentiu um cheiro distante de ansiedade, como se estivesse na ponta dos pés por meio de sua voz.

"Tenho tanto para te dizer", continuou sua mãe, "que me pergunto como começar. Algumas delas não são exatamente boas notícias... Não que não haja boas notícias. Não. No final do dia, serão mais boas notícias do que ruins. Sim. Sim, é claro. Tenho certeza! Isso é certo", acrescentou de uma forma muito enérgica, como se quisesse convencer a si mesma também.

Ann não tinha nenhuma dúvida sobre isso agora: pela primeira vez, ela testemunhou a majestosa calma de sua mãe em ação, por um segundo, fora de equilíbrio e, no mesmo segundo, os tentáculos do pânico – aqueles de antes do pouso do avião – atingiram seu corpo novamente. Muhcho, contudo, rapidamente retomou seu tom normal:

"Então, uma coisa de cada vez. Pois não será fácil para mim! Para nós, na verdade! Sua geração está tão acostumada a fazer um *login* na rede e encontrar tudo lá. Porém, como acontece com os anões, desta vez não é uma questão de informação ou fatos. Acredito, a propósito, que a principal missão da rede é nos ajudar a não perder tempo e esforço quando se trata de fatos – para tê-los sempre à mão – para que, no final, tenhamos tempo para nos direcionarmos à sabedoria genuína. Ou melhor, voltar a ela. E, como você sabe, a sabedoria não tem nada a ver com os fatos. Mas nos tornamos tão preguiçosos – tudo tem que ser "rápido e fácil", e tudo deve ser mensurável em números... Desculpe-me, continuo me deixando levar. Vamos: vamos ver os gatos agora. E prometo: a boa notícia vem primeiro".

A simples aparição dos gatos "de" Muhcho e da Ann sempre era uma boa notícia. Principalmente para as duas que viviam em uma cidade onde dar um passeio nas ruas não era uma experiência muito animadora. Era suja, degradada e cinza. O lixo estava sempre transbordando das lixeiras. Os carros estavam estacionados nas calçadas, para que você tivesse que se contorcer para passar entre eles, se houvesse algum espaço, e o pavimento – sem reparos há anos, quebrado e cheio de buracos – fornecia uma variedade adicional de obstáculos neste novo tipo de ziguezague. Ao invés de salvação, os espaços verdes do bairro e os grandes parques ofereciam novas porções de feiúra. A degradação e o lixo também haviam conquistado seu território, e com tal arrogância – como se zombassem da natureza como um passado irrevogável – portanto, ao lado deles, qualquer ramo florido era uma vista triste, ao invés de motivadora. Não é de admirar que as pessoas que vivem no meio disso tudo caminhem pelas ruas carrancudas e muitas vezes até enfurecidas. Carteiras grossas, pneus grossos e peles grossas ditavam as regras nesta cidade, e a única coisa com o que se importavam era se sentirem bem por trás das portas fechadas dos seus escritórios, casas e carros. Esperava-se que a seleção natural cuidasse de todos e de todo o resto. O que – foi veementemente afirmado – é, e sempre será, o estado normal das coisas. E assim, ficando insensível – em qualquer sentido da palavra! – Era, se não um objetivo, pelo menos um meio definitivo de sobrevivência.

Em meio a esse quadro sombrio e melancólico, era como se o grupo heterogêneo de gatos de Ann e Muhcho fossem de outro mundo... Em primeiro lugar, esse outro mundo era bonito e cheio de cor. Seus moradores tinham pelos brilhantemente ruivos, gengibre e branco, multicoloridos em preto e branco, preto e laranja, preto brilhante, descendentes distantes do gato russo azul e gatos cinzentos comuns vadios, ou cruzamentos entre persas rosas e cinzas ou de pelos tigrados avermelhados... Portanto, esse outro mundo era aconchegante e amoroso, e, em um instante, fazia você se sentir abraçado. Da mesma forma que você se sente quando, de repente, avista um amigo em uma multidão hostil. Ou no vislumbre de um remendo de rosa-azul do céu, preso no meio de prédios pobres e descascados, que, quando carregado com cuidado, você nem se dá ao trabalho de olhar para cima, e se alguém por acaso faz você olhá-los e um peso é tirado dos seus ombros no mesmo instante.

Em outras palavras, os gatos eram como um brilho de beleza no rosto feio desta cidade. Eles emprestavam um toque inesperado de nobreza, e até mesmo – por que não? – humanidade, como algo absolutamente genuíno, como a natureza – genuinamente grande e genuinamente bom.

Os gatos ocupavam dois subsolos abandonados com janelas quebradas em um antigo prédio residencial, no centro da cidade. Era um pouco distante da rua e, junto com os prédios perpendicularmente ligados a ele, formava a letra 'n', no espaço interno dos quais dois castanheiros e uma pequena área verde onde, supostamente, a grama escassa há muito tempo havia perdido a batalha com os sacos plásticos e o lixo de todos os tipos.

Este retângulo interno entre os edifícios impediu que os gatos vissem quando Muhcho e Ann entraram na rua. No entanto, todas as vezes, mesmo antes das duas chegarem ao edifício adjacente, a turma toda, invariavelmente, aparecia, correndo pela esquina. E ainda correndo em direção a elas, os gatos começavam seus truques, como se tivessem ensaiado durante todo o dia, especialmente para este momento. Pois os truques não se limitavam às "brincadeiras habituais" de gatos para manifestarem afeto e alegria. Sem ronronar, miar ou esticar as patas, com certeza, não seriam gatos. Mas esse tipo de coisa "trivial" seria apresentada mais tarde. A quadrilha, por assim dizer, estendia suas patas para um "Olá", com performances de naturezas mais incomuns.

Por exemplo, o parapeito recém-instalado na calçada de cinco metros, impedindo que os carros estacionassem lá, foi utilizado imediatamente como um "palco" em um novo show especial "Muito-feliz-em-te-ver!". Os gatos, alinhados em uma fila indiana e com o rabo para cima, ritmicamente acariciavam cada barra das grades, como se um grupo de músicos estivesse correndo seus dedos sobre as cordas de uma harpa gigantesca." Eles caminharam de costas para as duas senhoras, mas com as cabeças voltadas para elas e com os olhos que pareciam dizer: "Maravilha das maravilhas! Finalmente caiu a sua ficha – a sua, a das pessoas! – colocar essa barreira contra carros. Aqui sempre foi muito estreito. Quantos anos você teve que correr pela rua antes de notar isso?"

Nem todos os truques, é claro, tinham um tom social. Havia algumas "saudações" puramente esportivas, quando todos os gatos, como se de propósito, realizavam um exercício de ginástica em grupo, de cambalhotas laterais – esquerda, direita, e novamente à esquerda – simetricamente posicionados com distância de meio metro um do outro, aos pés de seus dois observadores.

Um gato cinza, por sua vez, tinha sua própria especialidade, nenhum outro gato ousava competir com ele. Na verdade, a primeira vez que ele demonstrou a Muhcho e Ann, elas simplesmente não acreditavam no que viram. Em uma noite escaldante de verão, as duas haviam saído em busca de um sopro de ar fresco. Elas pararam lá, é claro, para alimentar os gatos primeiro. Posteriormente, o gato cinza começou a andar com elas e... fez companhia durante todo o passeio! Ele corajosamente passou por outras pessoas, deitou-se aos pés das duas senhoras, enquanto descansavam em um banco em um jardim nas proximidades, e, finalmente, voltaram juntos. Espantadas, Muhcho e Ann imediatamente decidiram verificar se este milagre – um passeio com um gato! – aconteceria novamente na noite seguinte. E não só aconteceu novamente, mas se transformou em uma tradição ao longo de todo o verão. Tanto que uma vez elas ouviram alguém de um grupo de adolescentes passar por elas e dizer em voz baixa e com admiração:

"Este é o gato dessas duas mulheres! Está com elas todas as noites. Dá para acreditar?"

Sim, por mais estranho que tal afirmação possa parecer, os gatos faziam a paisagem sem coração desta cidade – e às vezes até mesmo as pessoas que nela habitam! – sentirem-se mais humanas. Mas o efeito dessa magia, infelizmente, não durou muito. A feiúra por todos os lados era um fato e, após os minutos iniciais da deliberada procura pelo esquecimento, geralmente Ann era a primeira a voltar à realidade e invariavelmente sentia pena dos animais:

"Pobres gatos!"

Ou, como ela os chamavam:

"Pobres Cosettes, obrigados a viverem em meio a essa sujeira!"

Ao que sua mãe frequentemente respondia que talvez eles não fossem realmente forçados. No entanto, nunca ocorreu a Ann que Muhcho poderia ter em mente o que ela estava prestes a ouvir dela naquele momento.

"Você não acha que os gatos podem ver através das paredes, acha?" Começou sua mãe.

Após as voltas inesperadas em sua conversa de cinco minutos atrás, esta questão não parecia muito séria para Ann. Assim, sem responder, ela apenas lançou um rápido olhar para Muhcho – para ver se ela estava brincando. Elas haviam acabado de sentar em um banco meio quebrado sob as castanheiras, haviam dado comida aos gatos, e agora, derretendo-se de alegria, foram vê-los esticarem as patas e vorazmente engolirem os pequenos bocados de comida. Não, ao que tudo indica, sua mãe era extremamente séria. Ou ao menos era o que ela achava. Elas haviam brincado sobre isso mais de uma vez. Na verdade, quase todas as vezes que elas vinham aqui. Era como se os gatos realmente vissem através das paredes, quando as duas estavam prestes a aparecer.

"É claro que não", respondeu Muhcho para si mesma. "Eles não estariam vivendo hoje, em nossa dimensão, se fossem assim. Mas eles podem nos sentir. Eles podem sentir a nossa energia de longe – a energia dos nossos pensamentos, corpos e almas."

"Assim como você", jogou Ann. "Você sempre sabe quando vou voltar, não sabe? E não só isso! Essas coisas, infelizmente, raramente acontecem comigo. Bem, às vezes eu sei se o elevador está no nosso andar (o prédio onde moravam era velho e não havia sinais digitais). Ou se haverá algo na caixa do correio. Posso até adivinhar o que é. Mas isso é o máximo que consigo...", e encolheu seus ombros.

"Este dom é dado para ser conhecido. Ou melhor: ser sentido", Muhcho corrigiu-se. "Conhecimento é bem diferente de sabedoria. E esses tipos de sentimentos, por assim dizer, "pertencem" à sabedoria. Razão não tem nada a ver com eles. O que tem a ver com eles é o corpo, o coração, a nossa alma, o que chamamos de intuição." Há muito tempo atrás, nos dias de outrora, dizem que éramos capazes de nos comunicarmos assim – de forma intuitiva, ou usar a outra palavra, telepaticamente. E não há nada que nos impeça de fazer isso hoje também. Na verdade..."

Muhcho suspirou, como se com relutância reduzindo o seu próprio ardor, e voltou à realidade:

"Na verdade, há muitas coisas em nosso caminho. Para ser capaz de fazê-las, nossa consciência deve estar livre. E está ficando cada vez mais bloqueada. Com pensamentos ruins, com raiva e pensamentos de medo, pensamentos sobre coisas que não precisamos. Está bloqueada pela constante correria e cálculos. Por todo esse 'ruído' – dentro e fora de nós – a nossa oportunidade de ouvir a nossa intuição – que é o Universo ou a natureza, chame-a como quiser – que é muito pequena. Pois a intuição é a nossa ligação interior com a natureza. Mais precisamente com a parte dela que não podemos ver ou tocar, que é apenas energia. E quanto mais perdemos esse vínculo, menos humanos nos tornamos. Pois natureza, intuição e consciência – ou seja, nosso senso do que é bom e do que não é bom – estão todos interligados. A intuição é algo parecido com a nossa gravidade interior."

"E qual é o papel dos animais em tudo isso?", Ann perguntou cautelosamente." Desculpe, mas essa é a única coisa que não entendo."

"Oh, não!", Muhcho riu. "Não pense que eu me empolguei de novo. Pois o seu 'papel' está ligado exatamente à nossa intuição

– como uma rota para a natureza. Diga-me, por exemplo, se não fosse por aquele maravilhoso cão marrom, você teria percebido que todos os pensamentos indesejados – isto é, não os nossos pensamentos, não importa se bons ou ruins – poderiam pousar em nossas cabeças?"

Claro, ela novamente não esperava uma resposta.

"E você realmente sabe o quão diferente seríamos, se não fosse por aquelas criaturas magníficas ali? Não apenas os gatos. Todos os animais! Pois eles têm uma missão especial – neste exato momento. Quase como a dos anões, a longo prazo, mas de uma maneira diferente. Eu te disse, não disse?"

Muhcho parou por um momento e continuou com a voz um pouco mais baixa, como você faz quando diz algo confidencial:

"Tanto os animais quanto os anões são mensageiros da natureza. A situação já está no limite. Sem exageros! O mundo está precisando de socorro urgente, sem dúvida. Você se lembra do que sua avó costumava dizer? Que da forma como as coisas estão indo, a natureza, em breve, nos dará uma boa surra. E ela dizia isso muito antes de sequer ouvirmos falar do buraco de ozônio e do aquecimento global. Simplesmente porque ela acreditava que somos muito arrogantes quando olhamos para a natureza como algo a ser conquistado, e ainda nos sentimos orgulhosos disso. Mas a natureza é a nossa mãe e, antes da surra em questão, ela está tentando nos salvar." Sim, minha querida, a natureza está com pressa para nos ajudar, ela quer nos ajudar agora. Você imagina? Quando tantas espécies estão à beira da extinção por nossa causa! Quando somos nós que temos que ajudá-la! Você leu sobre aquelas raposas em Londres, não leu? E sobre tantos outros animais selvagens aparecendo inesperadamente nas grandes cidades? Isso não é nenhum acidente. A situação é uma questão de máxima urgência."

"Sim, li sobre elas", Ann respondeu. "Mas disseram que é devido aos pesticidas nos campos e ao desequilíbrio das espécies e coisas assim."

"Isso também é verdade. Mas é apenas uma parte da explicação. Também há outra razão e tem a ver exatamente com a nossa ligação interior com a natureza – ou seja, a nossa intuição. Pois se não a tivéssemos negligenciado tanto – a palavra exata, na verdade deveria ser muito mais forte, como entupir ou mesmo assoretar – por isso, se não tivéssemos deixado entupir, não teríamos chegado a esse ponto. O importante é que a energia dos animais e as vibrações que eles emitem estão em total frequência com a natureza. Assim, eles neutralizam – pelo menos em parte – as frequências não naturais que nossas almas, pensamentos, sentidos e corpos começaram a emanar. Eles neutralizam – mais uma vez, pelo menos em parte – os geradores de pensamentos ruins, os quais, sim, existem, no sentido figurado, ou talvez não só neste sentido.

Na verdade, esta é a pior parte da notícia, mas vamos falar disso outra hora. Prometi a boa notícia primeiro, certo?"

Muhcho literalmente disparou estas últimas palavras de uma só vez, na expectativa de que Ann reagiria, mas, como sua filha não disse nada, ela continuou quase sem respirar:

"Assim, as vibrações dos animais têm algo como um efeito de harmonização – como afinar um instrumento musical discordante, de modo que suas cordas voltam em consonância. Ou como o impacto dos mantras. Eles nos ajudam a liberar a nossa consciência, purificando-a de todos os resíduos de desarmonia. Para que possamos novamente entrar em sintonia com a onda da natureza e começarmos a ouvi-la realmente – dentro de nós mesmos. Para que a nossa rota interior – a nossa intuição – não se feche completamente um dia. Veja, esta é grande missão dos animais hoje".

"E você acha que isso é possível? Não acha que seja tarde demais?", Disse Ann à sua mãe e à si mesma.

"Bem, aqui estamos – você é uma prova viva disso. Aquele cachorro em Frankfurt. Ele conseguiu puxá-la de volta à natureza. Para fazer você pensar em tantas coisas. Ou, até mesmo, literalmente, descobri-las!"

A voz de Muhcho estava exaltada, mas era mais do que exaltação o que enchia seus olhos. Havia esperança e ansiedade lá, e um apelo: que sua filha não ficasse confusa e com medo, que ela não perdesse a sua fé, que ela pudesse ver o lado bom das coisas...

"Sabe, quando você me disse que os animais são a segunda porta, pensei em algo totalmente diferente", Ann começou. "Lembrei-me daqueles cães capazes de farejar doenças em pessoas antes que elas realmente ficassem doentes. Você se lembra? Eles estavam na TV. Parecia tão improvável! Ficção científica pura."

"No entanto, não é ficção científica nenhuma, mas simplesmente um fato. Um desses fatos, no entanto, que são verdadeiros, porque são verdadeiros, sem explicações familiares – ou seja, sem "provas materiais", em resposta ao usual "Como? Como é que funciona?" Sua mãe respondeu com um sorriso: por um momento, pelo menos, ela pôde relaxar.

"Fiquei muito feliz por você ter se lembrado daqueles cães. Aí está você – outro exemplo de missão dos animais hoje. Essa situação também é parte da missão. Eu lhe disse, eles podem sentir a nossa energia diretamente: a verdade por trás das máscaras, até mesmo a verdade que tentamos esconder de nós mesmos.

Ou, por exemplo, as coisas que ainda nem suspeitamos que estão amadurecendo em nossos corpos e almas. De certa forma, os animais sabem que tipo de pessoa cada um de nós é. Sem errar! Olhe para os olhos do gato. Você não tem a sensação de que o Universo infinito está nos observando através deles? E tenho certeza de que os cães sempre foram capazes de farejar doenças – novamente, é uma questão de vibrações, de frequências de sons, intangíveis por nós, pessoas, hoje! – No entanto, só agora eles estão revelando isso para nós. E você sabe por quê? Porque é arriscado para eles – de imediato haverá alguém para abusar desse dom deles, para forçá-los a fazer o mal ao invés do bem. Mas não há espaço para atrasos – as coisas vieram à tona – e eles estão literalmente se sacrificando por nós. Vou lhe dar um exemplo disso. Um exemplo triste... Muito triste!

Muhcho hesitou por um momento, mas sabia que, mais cedo ou mais tarde, ela teria que dizer isso à sua filha:

"Você já reparou que aquele nosso cinza – o passeio-com--um-gato – se foi?"

"É isso mesmo", disse Ann e imediatamente um sentimento de mau presságio se abateu sobre ela. "Mas ele é uma brincadeira – o gato vagabundo, como você o chama – por isso, ele deve estar vagabundeando pelo bairro", acrescentou ela com esperança.

"Não, ele não está", disse a mãe com tristeza. "Ele se queimou."

Ann a olhou estupefata.

"Eles vieram consertar o painel de comando elétrico da esquina", Muhcho continuou. "Em seguida, eles devem ter saído para fumar, ou foram fazer sei lá o que, e simplesmente deixaram o painel aberto. Sim, esta nossa irresponsabilidade – nossa irresponsabilidade humana, quero dizer! – já não conhece limites.

Isso é revoltante! Então ele foi até lá e morreu no local. Poderia ter sido uma criança – uma daquelas crianças que correm por aí o tempo todo... E você acha que ele não estava ciente do que estava fazendo? Desta forma, ele simplesmente estava evitando outro acidente. "Portanto, é claro, nossos 'amigos'", ela apertou os lábios, ironicamente, "você sabe como eles reagiram? Eles foram ainda mais cruéis com os gatos. Pois eles o encontraram pelo cheiro. Novamente, a culpa era dos gatos por toda aquela sujeira ao redor. E pelo painel ter sido deixado aberto e sozinho – nem sequer lhes ocorre abordar esse assunto".

Muhcho e Ann tinham muitos amigos que juntos alimentavam o bando e tentavam protegê-los dos perigos da vida nas ruas. Mas eles também tinham muitos inimigos – detestadores de gatos assumidos –, para quem as pequenas criaturas coloridas eram a raiz de todo o mal. Uma guerra silenciosa estava acontecendo entre os dois campos, e suas estatísticas eram, infelizmente, em favor desta última: naquele momento os gatos passaram de nove para seis. Muhcho, com sua bondade proverbial, também estava tentando entender o campo inimigo: não é fácil viver nesta cidade – ela disse com tristeza – não é de admirar que as pessoas tornaram-se tão amarguradas e tão mal-intencionadas, e não apenas contra os gatos. No entanto, Ann não estava disposta a tomar uma posição tão magnânima. Gatos sempre usam a terra como um vaso sanitário e enterram tudo, sem exceção – ela apontou. "Para que não se destrua a harmonia ao redor deles", ela nunca deixou de adicionar ironicamente. "Sim, você tem razão: os gatos sempre fazem o seu melhor; nós, as pessoas, nem sequer tentamos", Muhcho geralmente concorda com um suspiro. Porém agora as duas, totalmente chocadas, não foram capazes de pronunciar uma palavra.

A amargura de Ann foi a primeira a transbordar em palavras:

"E você acha que essas pessoas podem ser mudadas, ainda mais pelas vibrações de animais? Sabe o que mais os nossos "amigos" têm feito? Descobri um pouco antes de sair. Você se lembra que estávamos querendo saber por que o nicho em frente à entrada do edifício está sempre molhado, certo? "Como se alguém o estivesse usando como vaso sanitário. Descobriu-se que deliberadamente derramam água lá fora, durante todo o dia. Sem razão, somente para não deixar a Gina ficar lá. Você acredita? Como se já não fosse feio o suficiente sem aquela poça permanente. Porém, para eles, não importa. Tudo o que importa é mantê-la longe dali!"

Gina era a cachorra da rua delas – talismã da rua, por assim dizer – pelo menos àqueles que amam os animais. Ela era muito velha e muito boa, mal conseguia andar, e o nicho era realmente um dos seus lugares favoritos. Ela ficava ali como um leão, guardando a sua entrada. Mas você precisava ver seus olhos – cansados e tristes – para perceber como ela era inofensiva e querer acariciar sua cabeça.

No entanto, a notícia deste absurdo não chegou a entristecer Muhcho. Pelo contrário, ela riu, balançando a cabeça com espanto: tanto engenho investido em uma coisa tão "pequena"!

"Veja o lado engraçado", ela respondeu, para a surpresa nos olhos da filha, "Que desperdício de energia! E, por favor, não ceda à raiva. Você sabe que é o pior sentimento de todos. Quanto às vibrações e se realmente mudarão os nossos 'amigos', não sei. Mas tenho certeza de que, a princípio, elas ajudarão. "A natureza não faz nada por acaso. Se os geradores de pensamentos ruins funcionam de forma tão eficaz, não vejo nenhuma razão para que o oposto não tenha o mesmo efeito. E, afinal de contas, é esse oposto o que é mais natural. Além disso, cabe a cada um de nós."

"Você deveria me contar sobre eles... os geradores", disse Ann quase que automaticamente e de alguma forma de longe.

O gato cinza, a "compaixão" dos tão familiares "amantes dos animais", a cidade em ruínas ao redor deles – tudo isso estava rodando em sua cabeça, misturando, mudando seus contornos em figuras estranhas, grotescas e crescendo em seu corpo como algo além de raiva e lágrimas – outra coisa, que estava empurrando, não tanto para desobstruir mas para assustá-la, a fim de montar sobre os seus ombros e esmagá-la com o seu peso inesperado. Ou talvez fosse exatamente o contrário: talvez esse algo tivesse vindo de fora e estava tentando entrar! A fim de se materializar em um gosto amargo estranho. Não na boca. Em cada célula de seu corpo. O gosto da sensação de falta de sentido de tudo o que você já fez e tudo o que você faz, o gosto da maior solidão – o gelo interno. Por que seriam necessários geradores especiais de pensamentos ruins, diante disso tudo?

"Eu vou te dizer, é claro", disse Muhcho, que sabia perfeitamente como sua filha estava se sentindo agora. "No entanto, em uma outra oportunidade. Prometi a boa notícia primeiro, certo? E há mais. Portanto, não se desespere. Você sabe que Deus não ajuda aqueles que se desesperam. Vamos, coragem, minha menina!"

Ela segurou sua mão com força e, com o coração apertado, lembrou que ainda estavam no início da ponte.

"Oh, sim", ela se lembrou como alegrar Ann e a si mesma:

"E, por favor, não subestime a sua intuição simplesmente por achar que você não sabe o que acontecerá com algumas pequenas coisas cotidianas. A propósito, muitas vezes confundimos nossos desejos e medos e os chamamos de pressentimentos. Todos nós temos este problema. E o seu sentimento interior geralmente é muito preciso. Posso lhe assegurar. Por exemplo, muito poucos adivinharam – a palavra certa é sentiram," ela se corrigiu, "que existe o Banco Espiritual".

No rosto desanimado de Ann, as últimas palavras de Muhcho tiveram o efeito de uma puxada repentina das cortinas em um quarto escuro. A luz literalmente correu na mente de Ann e ela caiu na gargalhada:

"O quê? Você deve estar brincando!"

"Não, não, você está brincando quando fala sobre isso. Você não tem ideia do quanto está certa. Se isto não é acertar em cheio, o que mais seria?"

"O quê? Que há, supostamente, um Banco Espiritual?, Ann perguntou visivelmente alegre", ou que eu, supostamente, tenho intuição? Não tire sarro de mim!"

"Tudo bem, então. Pense o que quiser. O mais importante agora é que eu fiz você rir. Quanto ao Banco, vamos falar sobre isso em outro momento. Vamos para casa agora. Está esfriando."

Ann não disse mais nada. Ela apenas olhou para a sua mãe com amor e admiração. "Ela é ótima!", Pensou. É inacreditável como o seu espírito nunca se deixa abater, mesmo diante de tudo o que já passou. E ela sempre encontra uma maneira de se animar. Aqui estamos – ela fez isso novamente.

Até a noite.

capítulo 4

O sonho

Foi um daqueles sonhos que parecem ser totalmente reais. Num cenário real e como se em tempo real. Sem rostos contorcidos como se visto através de um olho mágico. Sem portas que nós, numa vã tentativa, fechamos e – graças a Deus! – acordamos exatamente quando as coisas estão, a-há!, a ponto de se tornar fatais. Ou seja, era um daqueles sonhos que fazem com que depois você se pergunte por que está na cama e se você estava realmente dormindo, ou se de fato tudo aconteceu. No entanto, havia um detalhe que, antes de se tornar completamente natural (até mesmo este!), parecia um convidado de um outro tipo de sonho. Mais precisamente um tipo de pesadelo. Mas isso não estava no início.

No início Ann estava fazendo exercícios de respiração de yoga, exatamente como fazia todos os dias em sua vida real. Como não se confundir? Porém, com uma pequena diferença: seus olhos estavam bem abertos. E por um bom motivo! Sentada de pernas cruzadas em dois travesseiros, em uma cama grande de um quarto de hotel, ela estava diante de uma visão mágica. Uma imensa floresta havia irrompido de uma das janelas antes que ela e os tons de verde parecessem sem fim. Na outra janela estava o mar e toda sua gama azul.

De repente, uma vespa entrou em cena: vinha voando em direção à cama. Havia, obviamente, entrado pelo terraço aberto à direita. Em um instante, todo o êxtase cessou e, com um grito, Ann puxou o cobertor sobre si. Na verdade, ela tinha pânico de vespas, o que era algo completamente infundado – ela nunca havia sido picada e nem era alérgica. De volta ao seu sonho, a vespa continuou seu voo reto como uma flecha, sem se desviar um centímetro, até que chegou no minibar – a parte mais à esquerda de um longo armário. Lá, sem nenhuma hesitação – isto é, sem a circulação habitual ao redor – ela simplesmente desviou-se para o minibar, pousou na parte superior da porta e se infiltrou pela pequena fenda debaixo da tampa superior do armário.

Num momento de extrema coragem, Ann pulou da cama e pegou uma toalha para expulsar o inseto. No entanto, no próximo instante, Ann encontrava-se colada à parede atrás dela: a segunda vespa estava flutuando na direção do terraço exatamente ao longo da rota da primeira. E enquanto, totalmente estupefata, Ann assistia esta vespa fazer exatamente a mesma aterrissagem, com o canto do olho, ela viu uma terceira. Ela também não estava circulando e nem fazendo ruídos enquanto se movimentava, só estava voando direto para o minibar, seguindo as outras duas, entrando na fenda. Em pouco tempo, as vespas se arrastaram para fora e partiram, navegando novamente ao longo da mesma rota em direção ao terraço.

Com a velocidade de um raio, Ann bateu a porta atrás delas, fechou as janelas e chegou ao minibar. Limpou a porta – para que ao tocá-la não ficasse com os dedos pegajosos e certificou-se que estava bem fechada – pois havia frutas lá dentro, depois espiou entre a porta do minibar e a parte superior do armário: não havia aberturas lá. Apenas acima da borda superior da porta havia uma pequena fenda horizontal aberta, onde ela tinha visto as vespas se esgueirarem, mas agora o lugar estava totalmente limpo. Assim, ela poderia abrir a porta com segurança novamente.

No entanto, mal ela havia se abrigado nos travesseiros, quando mais uma uma vespa entrou no quarto. E foi direto para o minibar! Ann congelou no local: ela estava convencida de que o inseto daria meia-volta ao ver que lá não havia comida. Longe disso! A vespa repetiu o ritual das três primeiras e desapareceu na fenda. Desta vez ela estava sozinha. Ann mal podia esperar que ela saísse de lá para correr para o minibar.

Descobriu-se que na parte de trás, entre o minibar e a prancha do lado esquerdo do armário, havia um espaço vazio de cerca de três centímetros de largura. Olhando de frente, ninguém imaginaria que tal vão existia ali. Bem acima do topo da dobradiça da porta do minibar havia, por sua vez, uma pequena fenda que dava acesso ao espaço de trás. Naquela lacuna certamente havia alguma coisa! O armário era baixo, mas muito pesado, e não podia ser movido. Ann lembrou-se que no corredor do lado de fora havia um espelho comum encostado na parede – aparentemente, um substituto para algum que deveria estar quebrado em algum lugar. Ela o pegou, o colocou atrás do minibar, e embora ainda fosse dia acendeu as luzes na parede acima. Toda a lacuna agora estava perfeitamente visível no espelho. Mas não havia nada lá dentro, apenas poeira. Uma espessa camada de poeira.

Aterrorizada, Ann percebeu que não tinha escolha: ela tinha que ver o que as vespas estavam fazendo lá, para que pudesse lidar com este assunto – caso contrário, elas não a deixariam em paz. Ela abriu a porta do terraço e, com o corpo todo tremendo, voltou e parou com a distância mais segura possível do minibar, mas perto o suficiente para ver tanto a sua porta quanto a fenda no espelho.

As vespas não demoraram muito para voltar: três delas – quase todas ao mesmo tempo. Por um segundo, Ann se sentiu como uma espectadora que conhece a maior parte da trama, mas ainda sem a chave do mistério – ou seja, a parte mais interessante. Ela esperou que a primeira rastejasse pela pequena fenda na direção da abertura atrás e olhou fixamente para o espelho. Mas a vespa não apareceu nele. Ela olhou novamente para a frente: o inseto não havia retornado. E lá estava: a segunda vespa já estava entrando na fenda. De volta ao espelho: nada! E na frente, as duas também já haviam desaparecido!

Ann automaticamente pegou o largo rolo de fita sobre a mesa e selou a fenda entre a porta do minibar e a parte superior da prancha do armário. Desta forma, as vespas não teriam outra escolha para sair a não ser por trás, de modo que tudo se tornaria claro.

E, realmente, uma delas logo apareceu lá, mas se desmaterializou no ar. Ann não a viu sair da fenda. A fenda ficou totalmente vazia. E todo o seu espaço estava à vista de todos! Ela deve ter desviado o olhar por um momento. Ann fixou seus olhos no espelho.

Em instantes, a cabecinha de outra vespa apareceu refletida e, logo a seguir, todo o seu corpinho. Mas, novamente, elas pareciam estar saindo do nada. Como se do próprio ar, como se algum ponto da fenda não estivesse sendo refletido no espelho. E o espelho "capturou" a vespa no meio de seu voo, quando, por assim dizer, ela estava atravessando a fronteira invisível. A última vespa apareceu. Do mesmo modo. Nem um grão de poeira havia se movido na fenda por trás delas.

O mais provável é que não era nada além de uma ilusão de ótica!

No entanto, Ann não teve tempo de se perguntar. Ela sentiu que uma nova vespa havia entrado no quarto. Ela pousou no minibar, arrastou-se ao longo da fita e... Ann mal conseguiu dar um passo para trás antes que ela voasse sem qualquer hesitação para o fundo do armário.

Uma vez lá, a vespa refletiu-se totalmente no espelho, e assim, no momento em que ela estava prestes a fazer a curva para dentro, Ann a viu com certeza – sim, desta vez não poderia ter sido um erro ou qualquer outra coisa! – Ann viu com certeza como primeiramente a cabeça da vespa desapareceu e, em uma fração de segundo, o que foi deixado no espelho era apenas a parte de trás do seu corpinho, e então o corpo também se derreteu no ar. Outra vespa a seguiu. O reflexo mostrou exatamente o mesmo.

No entanto, naquele momento, algo ainda mais inesperado aconteceu: a sensação de que tudo aquilo era estranho, inexplicável ou simplesmente impossível deixou Ann. De repente e de uma só vez; simples assim: em um estalar de dedos. Como se nunca tivesse existido. Não havia mais nenhuma razão para ficar olhando as vespas e o espelho. Mesmo que ela pudesse ver diretamente o espaço no vão, ela não veria mais nada lá. Não que nada estivesse acontecendo; pelo contrário: era ali que estava ocorrendo a ação principal. Não há dúvidas sobre isso.

E não é que o espelho não estivesse refletindo com precisão, de modo algum! Simplesmente, ela não podia – ou talvez não deveria! – vê-las. Ela sentiu uma serenidade fascinante vindo sobre ela e uma sensação de leveza que ela nunca havia experimentado antes. Como se até um minuto atrás ela tivesse halteres cheios de areia em seus tornozelos e houvesse acabado de removê-los. E agora seu corpo havia literalmente se tornado mais leve. E, mais importante, era como se o medo houvesse corrido para longe dela. Do seu corpo e da sua alma. Como era maravilhoso tudo aquilo! E como ela se sentia leve sem ele!

Ann estendeu a mão e retirou a fita em um só golpe: as vespas, obviamente, tinham algum negócio importante lá – por que ela deveria colocar obstáculos ao longo da rota que elas haviam escolhido para si mesmas?

Ela, então, voltou a se sentar de pernas cruzadas sobre os travesseiros. Ela não precisava mais imaginar que estava respirando em uma partícula da energia do mar e da floresta, como tinha feito até agora, nem imaginar que estava respirando todo o mal e expulsando-o de si mesma, dos seus pensamentos e do seu corpo, e como "todo esse mal" estava se transformando em partículas completamente inofensivas aos outros seres vivos. As coisas estavam acontecendo, por assim dizer, por si só, simples assim. Ela e o mar e a floresta antes dela eram como vasos conectados. Suas energias estavam fluindo livremente dentro dela, e, ao mesmo tempo, Ann era parte desta energia, parte da beleza, parte da natureza em geral. Ela também era ainda parte do ritual misterioso das vespas, o qual, pelo tráfego na via aérea antes dela, ainda estava acontecendo naquele momento. Ela alegremente fechou os olhos, recostou-se no seu travesseiro e se deixou levar em um sonho.

Enquanto isso, em nossa realidade, Ann acordou. E, por um segundo, ela se perguntou onde estava. Então ela se voltou aos seus sentidos, percebeu que tudo havia sido um sonho e saboreou o pensamento de como ela descreveria a Muhcho e como elas o interpretariam juntas. Ela tinha a sensação de que se lembrava até do mais ínfimo pormenor. Porém, só para garantir, ela o repassou rapidamente em sua mente. De modo que ele não desapareceria de forma alguma. Como a primeira bola de neve trazida para casa no inverno: antes mesmo que você conseguisse entrar em casa, tudo o que havia restado dela era apenas um sentimento em sua mão. Ou como muitas vezes acontece com os sonhos.

capítulo 5

O Banco Espiritual

Ann ainda estava na cama pensando no seu sonho, quando a frase que sua mãe havia proferido no dia anterior sobre o Banco Espiritual de repente apareceu em sua mente e levou-a em uma direção totalmente diferente. Do que Muhcho estava falando? Este era um "termo" que Ann havia inventado uma vez, completamente em tom de brincadeira. Na verdade, ela não havia exatamente inventado. As palavras haviam simplesmente rolado para fora de sua boca, como se por si próprias. Era uma espécie de piada cruel. Tinha a ver com o seu trabalho – ou melhor, com as muitas atividades com as quais ela se ocupava – e com os absurdos do país onde ela morava. Seu trabalho principal – na área de artes – não era bem pago de forma alguma. "Isso é por semana?", Suas colegas no exterior, que tinham o mesmo tipo de função, perguntavam ao saber o valor do seu salário mensal. Ou elas começavam a balançar a cabeça com espanto: o custo de vida deve ser realmente barato no seu país, se você consegue viver com tão pouco! Não que ela pudesse. Porém, o que era pior era que a sua profissão – de prestígio e de importância em todo o mundo – estava perdendo cada vez mais terreno no país de Ann. Mas ela não queria abandoná-la. Embora soubesse muito bem que, se deixasse essa atividade e apenas dedicasse sua energia para as outras atividades, ela teria mais tempo livre e estaria muito melhor. Mas você pode abandonar o amor de sua vida assim? Era essa a conexão de Ann com as artes. E Deus lhe enviou outra solução: viagens frequentes ao exterior relacionadas a artes. Enquanto isso, ela fazia o seu melhor para trabalhar em prol da arte do seu país, e depois, de volta para casa, ela escrevia e falava sobre o que tinha visto lá fora. Mas, na maioria das vezes, essas viagens não lhe traziam nenhuma renda. Seus anfitriões cobriam as despesas, enquanto vários subsídios cuidavam do custo da passagem aérea, ou, às vezes, ela mesma pagava por ela. No exterior, trabalhava como um cão, depois, em casa, trabalhava dobrado – para recuperar o que havia perdido. Ela não ligava! O importante era que ela se sentia útil e em contato com a arte, pela qual era apaixonada. No entanto, essa situação era totalmente inconcebível para muitas pessoas em seu país. Para alguns não havia nada como o trabalho por amor; outros simplesmente não acreditavam que essas viagens não traziam muito dinheiro. Caso contrário, por que pegar a estrada e viver de um lado para o outro o tempo todo? – Essa era a lógica das pessoas. E para uma delas, certa vez, Ann se ouviu respondendo:

"É isso mesmo! Eu tenho uma conta enorme. Só que é no Banco Espiritual!"

E ela gostou tanto do que havia dito que começou a usar este "termo" com bastante frequência. Não que ela se importasse em ter ativos significativos em um dos bancos reais também. Isso não seria nada mau! Mas, mesmo sem eles, ela ainda se sentia rica. Com toda a beleza que ela teve oportunidade de ver e experimentar em termos de arte, outras culturas e todas aquelas pessoas que ela conheceu e fez amizade em todo o mundo, ela estava incessantemente agradecendo a Deus por esta oportunidade. Às vezes, ela ainda sentia como se estivesse vivendo em um conto de fadas real. Será que algum dia, este sentimento poderá ser medido em números? Ou será que ela algum dia o trocará por dinheiro? Ann estava certa da resposta.

Por que se lembrou de tudo isso agora? – Ann perguntou. E como ela havia ido longe! Pelo seu relógio, bastante tempo havia se passado. Ela poderia até ter se esquecido do seu sonho! Não importava o quão intenso era quando ela abriu os olhos. "Estranho, são as ligações que o subconsciente faz às vezes!", Ela pensou consigo mesma e, com esta conclusão banal, pôs fim ao seu monólogo interior e finalmente saiu da cama.

Uma hora depois, Ann havia acabado de contar a história das vespas, quando a primeira pergunta de Muhcho a pegou totalmente desprevenida:

"E você se lembra se podia ver os dois pontos de todos os lugares do quarto? Quero dizer, nas duas janelas – da maneira como você os descreveu para mim."

Ann pensou um pouco: será que existia uma resposta para esta pergunta? Se havia, certamente ela não surgiria de uma só vez.

"Bem, você sabe", ela disse. "Acho que não. Mas mesmo assim, é muito interessante! Tive a sensação de que nada me havia escapado. Mas agora eu me lembro de mais coisas. Sim, sim... havia me esquecido. Eu até procurei por ele – por este ponto no quarto! Tentei ângulos diferentes, mas só consegui ver a floresta em uma das janelas e um pedaço do céu na outra, ou apenas o mar e o céu. E assim... sim, finalmente o encontrei. Em um canto da cama, e só o encontrei quando me sentei sobre os dois travesseiros. Não deu certo de nenhum outro lugar. É isso! Mas... como... que diabos aconteceu para que você me perguntasse sobre isso?

"Eu tinha certeza!", disse Muhcho ao invés de dar uma resposta. "Há duas coisas que se repetem nesses sonhos."

"O que você quer dizer?" Ann a olhou ainda mais intrigada.

"Porque esse sonho..." Muhcho continuou", ou melhor, suas variações estão sendo sonhadas por muitas pessoas nos dias de hoje. A localização do sonho muda: um hotel, uma casa, um quarto comum. Mas, invariavelmente, há duas janelas e é uma questão de escolha se você verá um dos cenários ou os dois ao mesmo tempo. No entanto, há apenas um lugar no quarto de onde você consegue ver ambos. O que é estranho, já que geralmente o quarto não é muito grande e em um quarto pequeno isso raramente acontece. E neste lugar específico sentimos um bem-estar incrível. A outra coisa que se repete no sonho são os animais – diferentes, mas sempre perigosos, sem falhas." Ou mais precisamente: tais animais que as respectivas pessoas temem na vida real. No entanto, no sonho, as pessoas primeiramente estão em um lugar com muito medo; em seguida, o medo gradualmente perde a sua aderência e elas acabam tendo a mesma sensação de harmonia tanto com os animais quanto com todo o resto. Muito interessante, não é? Eu também tive o mesmo sonho."

"Aposto que sei o que os animais eram" Ann declarou em um tom zombeteiro.

"Você sabe, não sabe?" Muhcho lhe deu um olhar revelador. "Você sabe como tenho medo deles..."

"E o que você acha que tudo isso quer dizer?" Muhcho não respondeu de imediato. Ela ficou muito séria, deu um olhar longo e inquisitivo a Ann, como se estivesse se certificando de que sua filha estava pronta para o que ela tinha a lhe dizer.

"Bem", ela finalmente começou em um tom que não denotava nenhuma intenção de ser breve, "acredita-se que esses sonhos são relacionados ao Banco Espiritual".

"Ah, o Banco Espiritual novamente!" Ann interrompeu sua mãe com uma indignação genuína. "Qual é o seu problema? Pensei nisso no momento em que acordei – como você conseguiu me fazer rir ontem, dizendo que eu havia 'acertado em cheio' e agora me vem com esse assunto de novo?"

"E eu me pergunto qual é o seu problema", disse a mãe perplexa. "Por que essa falta de autoconfiança? Se eu tivesse lhe contado sobre isso, você teria acreditado em mim. Agora, só porque a ideia lhe ocorreu, não há como ser verdadeira. Sim, primeiro você disse isso em tom de brincadeira e continua brincando. Mas você mesma admite que não inventou isso, certo? Isso simplesmente saiu de sua boca, simples assim. Você acha que foi por acaso? Não, minha querida! Isso veio de dentro, mais precisamente pela via intuição. Portanto, o Banco Espiritual existe. Não estou brincando. OK, deixe-me colocar desta forma: se você acha que é tão difícil de acreditar, não há como ele não existir! Pense nisso. Nenhuma energia se perde, correto? Quando lemos uma obra literária ou assistimos a um grande filme, um espetáculo no teatro ou observamos a pintura de um dos grandes mestres, ou ainda quando estamos diante de uma gloriosa vista para a montanha natural ou qualquer peça sublime da natureza – ou seja, quando estamos em contato com a harmonia e a beleza – experimentamos algo incrível, inesquecível, uma combinação específica de êxtase e paz espiritual chamada 'prazer estético'. Você pode tocar a pintura, o livro, a fatia da natureza – todos eles têm, por assim dizer, uma cara material. Mas o que desencadeiam em nós – o prazer estético – não. É pura energia, é como uma força extraordinária, pois é repleto de energia positiva. Ao experimentar isso, nos sentimos elevados e purificados, nos sentimos melhores como seres humanos. Não há como esta energia desaparecer. Ela dura para sempre. Como o seu querido Keats[1] disse: "Toda a beleza é alegria que permanece." O mesmo vale para a energia de alegria sincera e profunda, decorrentes de 'coisas' imateriais. Devemos considerar também a energia do amor e da gratidão, a energia de todas as boas ações e dos bons pensamentos, tudo isto junto faz-se, por assim dizer, os "ativos" de nossas almas – das almas de todos os seres humanos que já viveram. Isso é o Banco Espiritual. Ao contrário de todos os bens materiais, estes tesouros não podem ser tirados de nós. Eles estão conosco onde quer que estejamos. É a partir deles que tiramos nossa força quando estamos em apuros. E o mais interessante é que toda a riqueza do Banco Espiritual é acessível a todos! Colocando

---

1 - John Keats (1795-1821): um dos mais importantes poetas do Romantismo, ao lado de Lord Byron e Percy Bysshe. (Nota do editor)

em termos 'profissionais': você não precisa ser um depositante para fazer saques. Pois beleza e bondade são feitas para serem compartilhadas, não são propriedade privada."

Toda desconfiança, ceticismo e ironia haviam deixado Ann completamente e ela estava ouvindo sua mãe, literalmente encantada:

"Isso seria maravilhoso!"

"Eu tiraria a parte 'seria'. É maravilhoso", Muhcho deliberadamente enfatizou. "Você lembra o que o seu amigo Jack, o crítico, costumava dizer?

Não importa se você já viu pinturas de Picasso ou não, ou se você leu, digamos, Ulysses ou não – eles mudaram sua vida mesmo você não os conhecendo e vão continuar mudando a vida das pessoas pelos próximos anos. No entanto, você não deve confundir o Banco Espiritual com o que a literatura esotérica chama de 'Biblioteca Mundial', 'Razão Universal', ou algo assim. O Banco Espiritual não compreende o tipo de conhecimento que adquirimos da maneira usual – como as línguas e outras habilidades. É composto pelo 'conhecimento do coração', como Pascal definiu com tanta precisão. Os tesouros do Banco Espiritual nutrem o nosso senso de Bondade e Beleza – ou em uma palavra, de Harmonia. Pois a Bondade e a Beleza estão interligadas. Se você perder o senso do que é bom, você também perde o senso do que é belo, e vice-versa. O que não é bonito – tanto em termos de pensamentos e ações – é feio, é desarmônico. Dizem que hoje tudo é relativo. E isso não é só dito, mas também imposto, como se fosse um fato, e se você não concordar você é rotulado como antigo".

Muhcho suspirou e balançou a cabeça com amargura:

"Bem, sim, pequenas coisas podem ser relativas, mas as grandes não são. O assassinato, por exemplo, é apenas relativamente ruim? Ou a violência? Ou até mesmo o próprio estímulo a esses atos, mesmo que seja de forma indireta? É claro que não! Não é por acaso que o gosto pela desarmonia está sendo incentivado e promovido, o gosto pela feiúra por interesse próprio. Isso confunde o nosso senso inato de Bondade e Beleza. E nascemos com ele. A pesquisa científica já está provando isso. De onde você acha que vem esse sentido? Do Banco Espiritual, é claro. Somos ligados a ele pelo nascimento – através da nossa intuição. Olha aí: essa é outra razão pela qual é tão importante mantermos a nossa intuição para que ela não se atrofie. O Banco Espiritual é parte da energia invisível da natureza, a energia sobre a qual falamos ontem."

"Então é para isso que os animais servem", disse Ann como alguém que finalmente encontrou a peça que faltava do quebra-cabeça. "No sonho, quero dizer. O Banco Espiritual tem a ver com a segunda porta."

"Bem, é claro", respondeu Muhcho. "Os animais são, por assim dizer, os guardiões do Banco Espiritual. Na verdade, estão conectados a ele de mais de uma maneira. Com suas vibrações, eles neutralizam o ritmo acelerado da nossa vida hoje. Por um lado, já que é absolutamente incompatível com a própria essência da natureza humana. Olhe para nós: nos tornamos robôs vivos – cada vez mais somos melhores em reagir do que em pensar. No entanto, ao contrário dos robôs, nos desgastamos muito rápido. O que significa que estamos facilmente chegando ao ponto de sermos como objetos, com uma data de validade curta. Mas seres humanos não são dispensáveis! E a segunda coisa é que com toda essa pressa constante, não temos tempo para a contemplação. Nós até começamos a esquecer o que é isso. E, no entanto, é a próxima etapa após o próprio processo de pensamento. Mas para a contemplação é preciso ainda mais tempo, mais concentração e mais abertura das almas para a harmonia. Sem isso tudo, simplesmente não somos capazes de perceber e apreciar a beleza, isto é, não conseguimos a conexão com o Banco Espiritual. Pois a beleza não é um 'prazer rápido'. Hoje somos ensinados que, mesmo quando descansamos, temos que estar ativos. Se simplesmente sentamos, pensamos ou observamos alguma coisa – e não me refiro a assistir televisão ou algo semelhante –, essa ação é considerada como não fazer nada, como um desperdício de tempo. Animais, mesmo com o seu comportamento, nos ensinam a contemplação."

"Sim, é verdade", confirmou Ann pensativa. "Você sabe, a princípio entendi tudo. No entanto, há apenas uma coisa que ainda não consigo entender. Tem a ver com o sonho. O que é que os animais fazem atrás da geladeira? – as vespas, no meu caso – qual é a ligação com o Banco Espiritual? E, de fato, para onde elas vão? A minha pergunta provavelmente soa muito literal. Mas deve haver alguma explicação. Ou melhor: uma interpretação".

"Claro que há", disse Muhcho. "E a interpretação também pode soar muito literal para você. Mas isso não é por acaso, de forma alguma. Este sonho é uma mensagem da natureza para nós: uma mensagem sobre sua condição e sobre o Banco Espiritual. E para que entendamos esta mensagem, ela tem sido, por assim dizer, traduzida para a nossa linguagem mental linear. Infelizmente, ainda não conseguimos nos livrar dessa atitude: que as coisas sempre devem ter um fim, uma espécie de fronteira; uma coisa termina aqui e outra coisa começa exatamente a partir desse ponto. Mas isso é o que somos. E seremos assim até quando confiarmos apenas no que podemos tocar – com nossas mãos ou olhos. Para sermos capazes de imaginar o infinito, devemos perceber e aceitar o princípio das bonecas Matryoshkas, o qual não se esgota com o fato – irrefutável por ser visível – que na grande boneca há uma menor contendo, por sua vez, uma menor ainda. Devemos ter por certo, como algo completamente natural, que ao mesmo tempo a menor boneca de alguma forma faz parte das outras duas também. Tente imaginar isso... Não é tarefa fácil. Da mesma forma, o invisível não começa exatamente onde o 'fim' do visível está. Muito provavelmente, eles se misturam, se sobrepõem e fazem parte um do outro. Mas nós simplesmente não somos capazes de perceber isso, pelo menos por enquanto. Essa é a razão pela qual o espelho é tão frequentemente utilizado nos contos de fadas: ele reflete o mundo como o vemos, e, por trás dele, um outro mundo começa, onde a vida é de uma natureza diferente. Isso é algo que somos capazes de imaginar. E o fato de que a época em que vivemos coloca ênfase no conhecimento em detrimento à imaginação não nos ajuda muito. O próprio Einstein afirmou que a imaginação é mais importante do que o conhecimento. Mas hoje raramente pensamos nas coisas nessa ordem. É por isso que não é por acaso que nos é dado um sonho em que podemos 'ver' algo como uma 'fenda' entre os dois mundos – na parte de trás do armário, na abertura, onde o espelho não consegue refletir."

"Talvez a entrada do Banco Espiritual seja logo ali!" arriscou Ann, com um brilho em seus olhos.

"Isso mesmo, está vendo? Essa é a maneira mais fácil de percebermos. E, de fato, há uma interpretação do sonho exatamente nesse sentido; que, devido à atual mudança nos pólos magnéticos, campos, ou seja lá no que for – você sabe que não sou muito boa em física –, mas, por causa disso, existe um risco de que a entrada, ou as entradas, ao Banco Espiritual se fechem. E este sonho é um aviso de que devemos tomar providências imediatas para salvar a natureza."

"Faz sentido", Ann comentou.

"Talvez..." Muhcho fez uma careta cética. "No entanto, tenho uma interpretação diferente. Será que precisamos de sonhos para entendermos que precisamos agir com urgência? Acho que não. Tudo que precisamos é ver as notícias e o que está acontecendo com a natureza e, consequentemente, com as pessoas ao redor do mundo. Claro, o aviso tem a ver com a entrada ao Banco Espiritual. Não há dúvida sobre isso. Mas eu não acredito, de forma alguma, que esta entrada está em algum lugar específico, em algum lugar fora de nós. Isso soa muito literal, você não acha? Lembre-se, já estamos fora do território dos sonhos, certo?"

Ann assentiu com a cabeça.

"Eu acho", continuou Muhcho, "que toda alma humana é uma entrada para o Banco Espiritual. Não há como ser diferente! Caso contrário, tudo seria como em um filme. Mas isso não é ficção. Então? Então que o aviso é mais sobre algo dentro de nós, algo que coloca a entrada em perigo de ser fechada. E essa é a questão: o que é esse algo? Acho que é o sentimento de medo. Medo como um bloqueio, fator obstrutivo – talvez o mais poderoso de todos, em geral e, mais especificamente, no que diz respeito à intuição como a nossa ligação ao Banco Espiritual. Por medo de nos tornarmos vulneráveis e assim sofrermos, temos a tendência de não abrirmos totalmente o nosso coração para o amor. Por medo de sermos superados em uma coisa ou outra, tendemos a perder a incrível experiência de compartilhar sinceramente a felicidade dos outros. O medo afugenta bons pensamentos, bloqueia a bondade em nós e nos deforma. Nos faz cruel ou nos reduz a um estado lastimável. Basta pensar na forma como você se comporta quando vê as vespas – este é um simples exemplo. O medo é um sentimento desarmônico. E, ao invés de estarmos na iminência de nos livrarmos dele, hoje, no século XXI, sua presença é onipresente. Ele está em oferta em tal abundância, como parte da avalanche de violência, real e ficcional – como se fosse algo completamente normal. E o que é ainda pior: as próprias pessoas o estão procurando como uma forma de entretenimento. O medo literalmente se tornou uma obsessão. E, como você sabe do show de seu amigo de cabelo verde, só há uma coisa entre nós e os nossos sonhos: nossos medos. A propósito, os sonhos também são parte dos ativos do Banco Espiritual. Sonhos de coisas não-materiais, é claro. Em suma, para mim os animais nestes nossos sonhos são para isso: a sua 'tarefa' é nos mostrar o quanto o medo bloqueia o acesso ao Banco Espiritual. É por isso que, no final, quando o medo literalmente derrete no ar, entramos em harmonia com eles também, como parte da natureza. A mensagem é sobre isso."

"Então é por isso que todos estes animais são perigosos. A-há... Isso parece lógico também", disse Ann.

"Mas esta não é a lógica que sabemos", Muhcho rapidamente a corrigiu. "Não a lógica da razão, mas a lógica da natureza – a natureza como uma encarnação da harmonia, a forma como os antigos filósofos perceberam isso. Pois, antes de ser colocada em pé de igualdade com a seleção natural, ou seja, com a lei da selva – há apenas alguns séculos atrás! – a natureza era vista como algo inerentemente bom: impulsionada pela Bondade e com a realização do Bem como seu principal objetivo. Diz-se que há muito tempo, num passado distante, as pessoas viviam em completa harmonia com a natureza. Você lembra quando eles descobriram aquela área em Bornéu, onde nenhum ser humano havia posto os pés?"

"Claro que lembro", respondeu Ann, sonhadora. "Com os animais inteiramente desconhecidos... Eles eram maravilhosos."

"Não eram? Você se lembra de como eles passaram pelas pessoas e se esfregaram nelas? Eles tinham absoluta confiança nas pessoas. Talvez tenha sido assim antes e este seja o estado natural das coisas, mas infelizmente conseguimos distorcer mais tarde, com sucesso. Como tantas outras coisas maravilhosas."

Muhcho suspirou com tristeza e raiva, e ficou em silêncio. Ann, porém, não deu à sua mãe tempo para que ela mudasse de humor e prontamente a "puxou" de volta ao tema principal:

"E esses animais diferentes em vários sonhos das pessoas... Tenho a sensação de que não é só por causa do medo que cada um de nós tem, sinto que há algo mais do que isso..."

"Isso mesmo", respondeu Muhcho. "E agora prepare-se para uma surpresa."

Ann aguçou seus ouvidos.

"Vamos supor que realmente não haja apenas uma entrada concreta ao Banco Espiritual. O mais provável é que tenham seus guardiões concretos. Os animais desempenham esse papel, nós nunca saberemos, ou, pelo menos, não tão cedo. E isso não é por acaso. Este conhecimento não nos é dado a fim de que a informação não acabe caindo em mãos erradas e todos esses animais sejam mortos."

"Mortos?" Ann estava atordoada. "Mas quem iria matá-los?"

"Bem, tínhamos que chegar à má notícia, não havia como contornar isso",

Muhcho fez uma pausa deliberada. "A resposta, em uma palavra, é: *antinatureza*".

O rosto de Ann se transformou em um ponto de interrogação ainda maior.

"Sei que vai dizer que isso soa muito amplo. E você perguntará o que significa", disse Muhcho. "Mas é muito simples: se a natureza é harmonia e criação, antinatureza é exatamente o oposto – desarmonia, destruição e caos. E sendo realistas: são forças poderosas também, principalmente a curto prazo! Infelizmente, também há pessoas que trabalham para esta causa. Na maioria das vezes elas são as 'pessoas sem anões'. Você se lembra, não é? Aqueles que perderam a si mesmos, ou seja, sua ligação interna com a natureza – sua consciência e seu senso do que é a bondade, aqueles que só pensam em coisas materiais ou querem apenas poder para se sentirem os "todo-poderosos e intocáveis", como se fossem Deus. Na verdade, o objetivo dos antinatureza é nos transformar nisto – criaturas sem espírito e sem consciência. Graças a Deus, a natureza é muito mais poderosa a longo prazo. Mas há ainda uma outra maneira pela qual isso poderia acontecer e que tem a ver exatamente com o Banco Espiritual: se a sua entrada fosse fechada – sua entrada em nossas almas. E parte dessa triste probabilidade já é, infelizmente, um fato. É por isso que – por mais clichê que possa parecer – a luta hoje é por todas e cada alma humana. Esta é a verdade! E mais uma verdade: a maior parte depende de nós. E este é o grande problema: não importa se intencionalmente ou não, facilmente nos transformamos em cúmplices dos antinatureza".

"Mas isso é um absurdo!", Disse Ann cética. "Por que fazemos isso? E como?"

"Oh, sem sequer levantarmos um dedo", Muhcho sorriu amargamente. "Simplesmente deixando os pensamentos indesejados entrarem, ou, às vezes, os aparentemente inofensivos. São exatamente tais pensamentos que bloqueiam a entrada do Banco Espiritual. Ou nos tornando geradores de tais pensamentos, o que é o mais triste de tudo. Mas, a princípio, a destruição não precisa de muito esforço, nem leva muito tempo."

"Então, finalmente, você vai me contar a má notícia, certo? Sobre os geradores?"

"Você sabe", Muhcho respondeu: "Prefiro não ser a pessoa a lhe contar."

"Quem é que me contará, então?"

"Bem ... a sua avó?"

"O quê?", Exclamou Ann. "Não vamos chamar espíritos, certo?"

"É claro que não", Muhcho riu e se levantou. "Agora vem comigo."

E assim ela levou Ann à sala de estar. Lá, ela se dirigiu à caixa onde guardavam todos os tesouros da família: belas toalhas de mesa tecidas à mão e camisas longas de pelo menos 150 anos, fotografias da virada do século XX, a grande Bíblia ilustrada de sua avó – uma edição única e muito antiga também.

A mãe de Ann abriu a caixa – ela por si só era uma joia de 200 anos, com uma tampa ligeiramente curvada e de ferro amarelo-avermelhado todo trabalhado ao redor. Ela enfiou sua mão em algum lugar lá no fundo, obviamente, tateando seu caminho pelas suas muitas camadas, feitas pelos vários cadernos amarelos.

"Aqui está – estes são para você", ela entregou dois deles para Ann.

A etiqueta no primeiro era: Caderno № 1 e no segundo: Caderno № 2. Eles foram escritos com a caligrafia de sua avó, que nunca poderia ser confundida: bonitas, arredondadas, as letras eram como contas ou pequenos rostos de crianças, como se primeiro houvessem sido fotografados bem de perto e depois reduzidos para caberem perfeitamente no espaço reservado.

Ao ver esta caligrafia, imediatamente os olhos de Ann começaram a se encher de lágrimas. Aquilo não apenas a fazia se recordar de sua avó mas significava algo mais: quando ela abriu a Bíblia e leu o que estava escrito – em suas páginas de pré-título, atribuídas aos fatos e eventos importantes da família – viu dois textos, um sobre a morte de sua tia e um sobre a do seu pai, escritos exatamente nos dias em que haviam acontecido! Como sua avó teve força para escrevê-los? Anteriormente, ela havia dado seu terceiro filho à sua irmã em adoção depois que, por sua vez, havia perdido o único que ela tinha. Todo mundo no bairro chamava a avó de Ann de "Mãe": "Mamãe Tsika" uma abreviação do seu nome completo. E haviam começado a fazer isso mesmo antes que ela completasse 10 anos. Pois ela havia cuidado de outras pessoas desde tão cedo em sua vida que o nome ficou. Ela tinha 76 anos e era completamente cega de um olho quando Ann nasceu – filha única e tardia – e deixou este mundo com quase 100 anos de idade, em seu juízo perfeito até o fim e, invariavelmente, com um livro nas mãos. Talvez seja por isso que Ann não tinha senso de idade e sempre se perguntava por que as pessoas chamariam alguém de "velho".

Quando a névoa diante de seus olhos finalmente cedeu, Ann se sentou ao lado de sua mãe e encostou a cabeça em seu peito – seu local favorito desde que ela era pequena – e em grande alvoroço abriu o Caderno Nº 1. A primeira página dizia:

Querida Ann,

Quando estiver lendo isso, não estarei mais viva. Seria simplesmente impossível: eu teria muito mais de 100 anos. Entretanto, você não deve se sentir triste. Além disso, eu sempre estarei ao seu lado, mesmo você não me vendo. E vamos continuar nos falando, é claro. No entanto, somente durante os seus sonhos.

Quando você crescer e se tornar uma grande garota, sua mãe lhe dará esses cadernos. Tenho certeza de que, com o tempo, você mesma descobrirá tudo o que escrevi para você, ou quase tudo. E não seria de admirar se isso já tiver acontecido. De qualquer forma, eu ainda acho que tenho que lhe dizer tudo isso. É o meu dever para com você, como minha única neta. Pois estas são coisas que você deve saber, que todas as pessoas deveriam saber!

Tenho certeza de que um dia a essência dessas coisas chegará a todos. Não poderia ser diferente, como sua mãe adora dizer.

Com todo o meu amor,
Sua avó, "Mãe" Tsika

"Na verdade", a voz de Muhcho chegou a Ann, "a razão pela qual lhe dei os cadernos está no final do segundo. Mas olhe para o seu relógio: está ficando tarde agora. Talvez quando você voltar...

"Sim, sim, claro", Ann concordou, sem tirar os olhos do texto. "Deixe-me apenas dar uma olhada neles agora."

E virou-se para a segunda página. No topo havia um título – Ann literalmente se engasgou de surpresa! - Os Anões. E o texto abaixo dizia:

Querida Ann

Nem em algum planeta distante e não só em era uma vez, mas aqui, nesta terra, uma vez e agora, todas as pessoas tiveram e têm anões. Cada um tem sete deles e eles se parecem muito com o seu dono. Como espelhos reais. É que muito poucas pessoas sabem disso. Sempre com pressa e preocupados com tantas coisas, a maioria de nós nem percebe os nossos anões.

Além disso, eles são muito pequenos: não têm mais do que três centímetros de altura.

Com as crianças, é claro, não é como com a maioria de adultos. Elas são livres. Não pensam constantemente sobre dinheiro e contas, é por isso que elas veem seus anões. E você sabe por que as crianças são felizes? Exatamente porque nunca estão sozinhas, porque elas sempre têm alguém com quem brincar. Além disso, elas sabem que não há razão para serem más ou mentir: você pode enganar os adultos, mas não pode esconder nada dos anões. Porém, quando crescemos, a vaidade e a ganância nos oprimem e nos cegam tanto que a maioria de nós para de ver os anões e se esquece deles completamente - como se eles nunca tivessem existido e não passassem de um jogo infantil. E é só quando estamos com vergonha de nós mesmos que algo vagamente nos faz lembrar deles.

Os olhos de Ann estavam simplesmente correndo ao longo das letras, através das letras, entre as letras, enquanto que ao mesmo tempo acariciava seus rostos redondos e engolia avidamente tudo o que era dito na voz de sua avó, que era entrelaçada com as vozes dos anões – a maneira como eles lhe haviam contado o mesmo. Absolutamente o mesmo!

Eles são os nossos "espelhos" mais precisos –, pois, ao contrário dos comuns, podemos ver neles o que há dentro de nós, e não apenas o que está na superfície. É por isso que somente quando "encontramos" nossos anões de novo é que temos a oportunidade de descobrir a nós mesmos verdadeiramente, ver além das máscaras que com tanta habilidade usamos, e às vezes esquecemos completamente o que está por trás delas. Olhar mais atentamente para os nossos anões é a nossa chance de voltarmos a nós mesmos.

"Isso é impossível!" Ann parou no final da página, sem fôlego.

"E por que você acha isso?" Sua mãe deu de ombros.

"Bem ... como é que... a vovó?"

"Você não acha que inventamos a roda, não é? Além disso, eu lhe disse que ela sabia sobre os anões! Em Nova York... Tenho quase certeza."

Ann já estava virando as páginas seguintes, sem sequer ouvir sua mãe. Os títulos, as palavras, eram tão familiares para ela. Todos eles! *A coleção de monóculos mágicos, o ímã do amor, a maneira como os anões se movimentam no espaço na velocidade do pensamento, as lupas, os baldes de energia solar, os anões sem-teto...*

Em seguida, ela abriu o Caderno Nº 2. O primeiro título: A Segunda Porta.

Porém, desta vez, Ann não suspirou de surpresa. Nem um pouco. Se houve algo surpreendente – e ela registrou por um segundo fugaz – foi a tranquilidade que havia preenchido o seu interior. Até bem pouco tempo atrás, ela teve a sensação de que a sua própria realidade, ou o próprio tempo (?) – ela mesma não tinha certeza do que exatamente – havia como se interligado, havia se tornado simultâneo – não em paralelo como em um romance, mas não menos improvável! – havia se instalado em algum momento diferente e uma realidade diferente. "Quase como as bonecas Matryoshkas do infinito". Um pensamento cruzou sua mente. De qualquer forma, agora este novo estado de coisas já não parecia estranho e anormal para ela; pelo contrário. Simplesmente, mais uma das cortinas invisíveis em seu próprio mundo havia sido levantada, e exatamente este mundo dela – aqui e agora – havia adquirido mais cor e profundidade, um sentido muito mais profundo. Não era maravilhoso que a magia obviamente não tinha fim?

Toda sorrisos, Ann continuou virando as páginas e diante de seus olhos começaram a brotar, um após o outro, a intuição e as vibrações de animais nas ondas da natureza. Em seguida, outro título: O Banco Espiritual. Ela foi em direção ao final – ah, lá estavam eles! – Os geradores de pensamentos ruins.

Ann suspirou: bem, aparentemente, ela teve que passar por isso também. Mas nas mãos de sua mãe ela havia visto mais um caderno – mais espesso do que esses dois – portanto, a má notícia dificilmente seria o fim de tudo; provavelmente haveria mais novidades por vir, e boas notícias naquele caderno. Na verdade, foi isso que Muhcho havia lhe dito, não foi? Lá, quando estavam com seus gatos. Muito provavelmente, sua avó tinha a mesma coisa a lhe dizer. "Não há como ser diferente!" – A frase familiar começou a ressoar como um mantra reconfortante em sua cabeça.

O sorriso voltou ao rosto de Ann, ela abraçou os cadernos e aconchegou-se nos braços de sua mãe. Lá estavam elas: as três juntas novamente, como se o tempo não tivesse medido até mesmo um de seus milhões de segundos durante os últimos 10 anos ou mais. Ann fechou os olhos, a fim de abrir a porta neste momento e adentrá-la – cada vez mais profundamente – para tentar estendê-lo; tanto quanto podia. Antes que o próximo a puxasse de volta a si mesma. Ela estava tão feliz! Elas estavam tão felizes.

E, naquele exato momento, o "índice" do Banco Espiritual marcou uma rápida ascensão em seus ativos.

capítulo 6

Os geradores de pensamentos ruins

Ann não tinha tanta pressa para voltar pra casa fazia muito, muito tempo. E, finalmente, lá estava ela, no final da mesma noite, sentada com o Caderno Nº 2 em suas mãos, na página em questão: com a má notícia. Que, por sinal, ela já havia conseguido renomear: a outra parte da notícia. Pois algo dentro dela se rebelou contra a palavra *ruim*. E isso não era de forma alguma o famoso sentido de "negação". Não. Ela simplesmente teve um pressentimento... E, cheia de esperança, ela começou a ler as palavras de sua avó:

Querida Ann,

Quando eu era muito jovem, algo aconteceu comigo, o que me levou, pela primeira vez, a ficar cara a cara com um grande segredo. A história em si talvez soe banal para você. Mas espere até saber o final.

Seu avô e eu havíamos acabado de ficar noivos. Em uma de nossas primeiras festas juntos, havia uma ex-colega de colégio minha, que eu sabia que estava apaixonada por ele e cuja família queria muito vê-los casados. Ela começou a conversar com ele e a lhe lançar um olhar que achei bastante peculiar, enquanto ele respondeu com mera cortesia.

Será que ele estava apenas sendo cortês? Não havia algo a mais em seus olhos, em sua voz? Assim como havia na dela?

Com esses pensamentos na cabeça, acordei na mesma noite. Na verdade, foi como se os próprios pensamentos houvessem me acordado. Como se tivessem ficado ao meu lado, fazendo barulho, me empurrando – com a única intenção de me tirar do meu sonho e me trazer de volta para a verdadeira e feia realidade. Além do mais, eles começaram a trazer mais pensamentos – todos da mesma espécie. E em pouco tempo eu não estava mais me perguntando. Eu tinha certeza.

Não consegui pregar os olhos...

Na manhã seguinte, eu tinha um monte de trabalho de casa para fazer e quase consegui esquecer as minhas preocupações. No final da tarde, seu avô veio me buscar para um passeio, e eu havia acabado de me acalmar totalmente – ele estava tão gentil e amável, como de costume – quando no parque central nos deparamos com a mesma menina com sua mãe. Trocamos algumas palavras e ele beijou suas mãos – tudo como um símbolo de mera cortesia novamente. Mas você já pode adivinhar o que essas "boas maneiras" significava para mim, não é? E, acima de tudo, o que eu via em seus olhares! 100% comprovado!

Naquela noite, novamente, não consegui dormir.

Uma série de pensamentos continuavam me puxando em uma corrida para me mostrar a "verdade" óbvia. Era como se eu fosse um brinquedo mecânico com uma chave nas costas e estavam me dando corda. De novo e de novo! Comecei a imaginar coisas horríveis: os dois se beijando, o rompimento do nosso noivado e ele se casando com ela. E acessos de raiva começaram a me dominar – como ele podia fazer isso comigo? Em seguida, eu me encontrava nas garras do medo – e se eu o perdesse? E assim, a raiva me dominava novamente. E enquanto meu corpo tremia em lágrimas, meus pensamentos estavam me apressando sem parar em direção a eles: estava correndo como um louca, podia me ouvir cortando o ar, e, com fúria, estava pulando em cima deles, entre eles, tentando separá-los, lançando injúrias, e até me imaginei batendo nos dois.

Tudo isso soa engraçado para mim agora, mas na época, obcecada por esses pensamentos, acredite em mim, fiquei realmente doente. Todas as noites, a mesma história se desenrolava, apenas aqueles novos e ainda mais horríveis detalhes, continuavam vindo para adicionar mais cor à imagem. E durante o dia eu explodia em fúria com coisas mínimas. Eu não era mais eu mesma – até então, sempre tivera a essência da tranquilidade e da paz interior; naquele momento minha alma era como um quarto virado de cabeça para baixo por ladrões: um completo caos.

No final, não conseguia suportar mais aquele fardo e chorei no ombro de uma amiga.

"Oh, é por isso?" ela exclamou com um suspiro de alívio. Ela vinha se perguntando o que estava acontecendo comigo ultimamente − e, para minha surpresa, sem nenhuma hesitação, ela acrescentou que resolver este assunto era a coisa mais fácil.

A "solução" revelou-se ser meio caminho entre uma cartomante e um mágico, os quais, ela sabia, quebrariam o feitiço − se tivesse sido feito pela concorrência (o "se", é claro, estava além de qualquer dúvida para nós) − e um feitiço sobre o seu avô, para que ele nunca mais olhasse para outra mulher.

Eu nunca havia ido a tais "especialistas" antes e também sabia que, se você acreditasse em Deus, não era de todo adequado ir lá. Mas eu me agarrei à proposição como um homem se afogando se agarra a um canudo. No dia seguinte, eu já estava no local daquela mulher.

O cenário não tinha nada de especial: um quarto comum com uma cama em um canto, uma mesa com quatro cadeiras no meio e um fogão atrás. Em cima da mesa havia uma garrafa de azeite de oliva, um livro com capa de couro, alguns maços de ervas, uma colher de pau, e duas grandes tigelas laqueadas − um delas vazia e a outra cheia de água.

A mulher me convidou para sentar, encheu a tigela vazia com água quente, sentou-se à mesa na minha frente e começou a derramar lentamente o azeite em outra tigela e a falar sem olhar para mim:

"Eu sei o porquê de você estar aqui, senhorita. Eu farei, é claro. Mas também sugiro fazer mais duas coisas... Bem, aqui vamos nós!" Ela aparentemente interrompeu sua própria corrente de pensamento e apontou para a grande mancha gordurosa que se formou na superfície da água. "Eu sabia! Um mau feitiço foi lançado sobre você... em cima de todo o resto. Então..."

A mulher parou − de falar e de derramar o azeite −, finalmente olhou pra mim procurando a melhor maneira e, depois de uma breve pausa, continuou:

"Então, sugiro que lancemos um feitiço sobre a menina também. Só para garantir..."

Enquanto ela proferia esta proposta absurda, sua mão livre alcançou o livro, o abriu e puxou três fotos de lá – uma de seu avô, uma da menina em questão e uma da minha humilde pessoa! Então, naquele momento, eu estava duplamente assustada. *De jeito nenhum! E Como é que aquelas fotos estavam ali?* – Protesto e surpresa entraram em confronto na minha cabeça e simplesmente bloquearam o meu discurso.

"Tudo bem! Não temos que fazer isso. Estava apenas sugerindo..." A mulher apressadamente desviou a minha reação verbal, tendo aparentemente lido no meu rosto. "Então, novamente, nada acontecerá com ela." – Ela ainda riu dos meus medos. "Explicarei tudo a você mais tarde. Antes disso, deixe-me fazer a outra coisa... Vamos lá! Volte aos seus sentidos! Aqui está, pegue essas fotos e se acalme". Ela as empurrou para mim, inclinou sua cabeça para trás ligeiramente, e deixou os olhos semicerrados. "E, ouça! Quero lhe contar sobre o seu futuro. Pois ouço vozes, muitas informações estão sendo passadas a mim."

Seus olhos estavam totalmente fechados e seu rosto exalava um espanto genuíno, até mesmo uma espécie de arrebatamento estático:

"Nada assim havia acontecido comigo há muito tempo." Ela estava sussurrando. "Sim, sim, é verdade. É incrível!"

No entanto, meu próprio êxtase sobre a minha visita lá já tinha me deixado. Sua proposta e as fotos não saíam da minha mente. Mas esta mulher não era a culpada – de repente percebi – a culpa era minha! Fui eu que havia lhe pedido ajuda, não foi? Eu me senti tão envergonhada que queria que a terra se abrisse e me engolisse! E pensei comigo mesma:

Meu Deus, perdoe-me, Deus! Perdoe a minha estupidez em vir aqui!

Naquela exata fração de segundo, a mulher parou no meio da palavra e sua mão se contraiu tão bruscamente que derrubou a garrafa de azeite de oliva ao lado dela. Mecanicamente ela a levantou, e sem prestar a mínima atenção inclinou a cabeça para baixo, enrugou a testa, e seu rosto ficou tenso, como se estivesse tentando ouvir alguma coisa. Agora, todo o seu ser exalava desânimo palpável, como se tudo dentro dela estivesse dizendo: "O que está acontecendo?" Ela permaneceu em silêncio por um tempo, em seguida abriu os olhos e disse constrangida:

"Eu não sei o que aconteceu, Senhorita. Pude ouvir tantas coisas. E agora é como se uma cortina tivesse caído diante de mim. Bem, isso nunca me aconteceu!"

Mais alguns segundos se passaram – ela ainda estava, obviamente, esperando que o estado familiar das coisas fosse restaurado. Então, ela encolheu os ombros, olhou para mim ainda mais envergonhada e abriu os braços em um gesto de impotência absoluta:

"Eu sinto muito. Eu realmente sinto muito. Não serei capaz de dizer o seu futuro. Eu sei, você não me perguntou. Eu sugeri. No entanto, esse não é o problema. Parece que também não serei capaz de fazer o que você me pediu".

Agora ela estava me olhando completamente envergonhada e confusa. "Estou realmente me sentindo muito desconfortável com isso. Mas, eu simplesmente não consigo. Algo aconteceu. Aqui está o seu dinheiro."

Ela tirou do bolso as notas que eu havia lhe dado quando cheguei, inclinou-se sobre os cotovelos e começou a esfregar suas têmporas.

"Eu não tenho ideia... Não sei o que aconteceu", ela repetia perplexa, falando apenas para si mesma, como se tivesse esquecido completamente da minha presença lá.

No entanto, eu sabia o que havia acontecido. E no começo eu estava tão desanimada quanto ela. Continuei observando-a e ouvindo o que ela dizia, mas fui percebendo com bastante espanto o que ocorria dentro do meu próprio ser: A "visão" lá de dentro e a velocidade com que ela estava mudando eram hipnotizantes.

No final, o arrebatamento sobre este milagre prevaleceu e levou-me para fora de lá. Corri para o parque mais próximo, inclinei-me contra uma árvore iluminada pelo sol e fechei os olhos. Meu coração estava batendo loucamente. Contudo, na minha alma não havia nenhum vestígio de caos e tensão. Como em um filme, a fita havia sido rebobinada e os ladrões haviam colocado tudo de volta no lugar! Minha paz interior, a minha preciosa paz interior, estava voltando para casa – para mim mesma. Eu me senti sendo preenchida e tornando o mundo, e a mim mesma, como costumava ser. Ao mesmo tempo, senti que era um tipo de paz interior ligeiramente diferente e isso estava me deixando um pouco diferente também. Eu não era mais o lago calmo, parado – protegido por todos os lados – e por esta razão, talvez, invariavelmente idílico. Eu parecia mais uma fresca manhã, carregada de energia e com um futuro. Até então, havia pensado que tal emoção, esse poder glorioso, só poderia existir fora de nós – na natureza. Agora percebi que também a possuímos e todo o meu ser estava eufórico. Eu estava com vontade de pular na rua, como uma criança.

E apenas um pensamento – um único pensamento – era o "culpado" por tudo! Por todo este milagre! De que outra forma você poderia descrever o bloqueio da minha cartomante e essas metamorfoses dentro da minha alma?

Mas não era isso – disse para mim mesma – nada mais que um único pensamento que novamente a levou a lugares onde os feitiços estão sendo quebrados! No entanto, percebi imediatamente que não era exatamente o caso: aquele outro pensamento não estava sozinho, ele também havia trazido um enxame de pensamentos juntos. E que pensamentos! Um ninho de cobra havia se enrolado na minha cabeça!

Assim que percebi a natureza desses pensamentos, automaticamente me lembrei da minha avó e por que não havia de fato ido até ela, como de costume, para compartilhar o que estava acontecendo comigo.

E aqui começa o "PS" desta história vergonhosa com um final surpreendente.

Não havia falado com a minha avó, porque sabia como ela reagiria. Ela acreditava que algumas criaturas malignas invisíveis ficam pairando ao nosso redor, os seres humanos, o tempo todo à espera de que apareça uma rachadura em nossas almas, assim eles deslizam e entram imediatamente para roubar nossa paz interior. Eles se alimentam da nossa paz interior – ela costumava dizer e até mesmo descrever os potes em que eles cozinhavam – ao mesmo tempo que se divertem assistindo ao tormento que nós mesmos criamos. "Por favor, eu já lhe disse isso?", Ela dizia indignada com a minha incapacidade de me lembrar de uma vez por todas este "fato" da vida. "Você não deve deixá-los entrar em sua cabeça", ela responderia em um tom firme de uma pessoa que não tinha dúvidas sobre como as coisas funcionam neste mundo. E, dado o atual estado das coisas, ela consideraria uma questão de honra familiar que eu não cedesse a esses inimigos. Ela teria explodido de raiva e me repreenderia: como eu poderia ser tão fraca e não sentir vergonha de mim mesma – ter um homem que havia entregado a sua vida a mim e não apreciá-lo... No final, talvez ela teria acrescentado, sem brincadeira, que se eu não me recompusesse imediatamente, ela me daria uma boa surra para me colocar de volta no caminho certo. E isso encerraria o assunto para ela.

Só não pense que agora vou lhe dizer como naquele momento – ainda encostada na árvore no parque – percebi que a minha avó estava certa. Longe disso! Sua conversa foi um conto da carochinha, é claro! Mas...

Mas fiquei intrigada! Por causa de uma coincidência: com um detalhe nesta "teoria". "Há dois buracos", minha avó diria em sua forma primitiva" através dos quais eles se infiltram em nossas cabeças: a raiva e o medo. Se colocarmos uma tampa nestes dois furos pelo lado interno, esses demônios morrerão de fome! Se não conseguimos fazer isso, pelo menos não devemos alimentá-los!"

Aí está: esta era a parte mais interessante! Durante aqueles vários dias e noites dolorosas – estava plenamente consciente disso agora! – Tudo havia se resumido em (ou resultado de?) raiva e medo. Meus pensamentos, sem exceção, estavam relacionados apenas a eles, a nada mais.

Senti que havia tropeçado sobre a pista de um segredo. E comecei a seguí-la com a minha confiança recém-adquirida. Não é necessário dizer, novamente, que nunca duvidei do amor do seu avô. Mas há mais uma coisa da qual nunca duvidei desde então: o poder do pensamento em geral.

Mas era exatamente ali que estava parte do mistério! Como é que – para simplificar – pensamentos bons e ruins agiam de forma tão diferente? Por que, por exemplo, um único bom pensamento era capaz de fazer milagres? E por que, por outro lado, os pensamentos ruins tinham a capacidade de se multiplicar, como que automaticamente?

Como você sabe, os vizinhos de toda a área apareciam para compartilhar seus problemas comigo. Ouvia suas histórias, dava-lhes conselhos, e, dentro de mim, não conseguia deixar de me perguntar. A mesma história continuava se repetindo: por causa da raiva e do medo as pessoas deixavam de ser elas mesmas, faziam coisas estúpidas e irresponsáveis. Elas quebravam pratos, feriam os seus entes queridos, e se depois de tudo isso continuavam vivendo juntos, era principalmente devido ao espírito do tempo, tão diferente do nosso agora. Amor também era uma razão, é claro. As vítimas conseguiam, às vezes, ter a força moral suficiente para perdoar. No entanto, nem sempre. Então, no final, era o amor que provava ser a principal vítima.

Por outro lado, após o caso em questão, me tornei imune a estes dois... como devo chamá-los... Acho que a palavra mais adequada seria "pragas" – raiva e medo. Elas, por assim dizer, apenas deslizaram sobre mim, sem tocar a minha alma. Tentei ajudar os outros a perceberem também contra o que teriam que lutar, a fim de alcançarem a mesma paz de espírito. Pobre de mim, raramente conseguia proporcionar-lhes algo mais do que o conforto temporário.

No entanto, por todas as suas histórias, sentia que ainda estava andando pela pista do segredo. Além disso, o grande mundo que nos rodeia, como um eco, estava se reiterando... a palavra deveria ser ainda mais forte... estava gritando alto e a mesma coisa: raiva e medo, raiva e medo – o núcleo de todos os males, e os seres humanos sem rostos humanos – perdidos ou levados pela mesma razão...

Sim, estava claro. Mas o que se seguia a partir disso? Sentia que estava andando em círculos.

Levei muito tempo para me conscientizar da razão. E, por incrível que pareça, mais uma vez, foi a "teoria" da minha avó que me deu a dica! Eu costumava pensar nisso. Mas assim que chegava a essas criaturas com os seus potes, caía na gargalhada. Invariavelmente! Porém, um dia, me dei conta de que era exatamente essa descrição hilariante da fonte da nossa raiva e medo que a tornou tão implausível para mim, e me recusei a considerar se realmente havia qualquer fonte e qual poderia ser. Uma vez que me tornei ciente disso, as cordas emaranhadas começaram a se soltar. E, finalmente, meus olhos estavam "abertos" para o segredo. Ou pelo menos penso que sim.

Não sei como isso soará para você – espero que não como as palavras da minha avó soaram para mim naquela época –, mas isso não é segredo comum, é o segredo de forças destrutivas, ou como sua mãe prefere chamá-las, antinatureza. Estas forças existem, claro, mas não são tão simples como frequentemente descritas. Francamente, eu sequer suspeito que essas descrições primitivas são por acaso. Basta olhar para o efeito: nós as minimizamos de tal forma que são conduzidas sem sentido pelo medo... Ou seja, em qualquer caso, nós não pensamos realmente o que essas forças são ou, vamos usar o termo da sua mãe, o que antinatureza é. E antinatureza é... farei o meu melhor para usar as palavras modernas... então... nada além de um gerador de energia negativa, ou seja, de destruição.

Destruição, porém – e isso é muito importante! – não é um dom, ao contrário da Bondade. Para que a antinatureza realize a destruição ou, em outras palavras, para que a antinatureza se manifeste, ela precisa de nós. Depende de nós permitirmos ou não sermos transformados em seus instrumentos. E isso acontece por meio de pensamentos ruins e de emoções destrutivas, como raiva, medo e inveja...

Vamos lá: esse é o grande teste em nossas vidas diárias. Pois pensamentos, a princípio, nos parecem muito inofensivos: eles são invisíveis, então por que deveríamos nos importar se eles são bons ou ruins? E as emoções em questão as temos como algo natural: apesar de tudo, somos humanos, não é mesmo?

Nem o primeiro nem o segundo são verdadeiros. Os pensamentos são uma coisa poderosa. Eles são energia. Boa ou ruim. E que tipo de energia realmente pode ser vista ou tocada com a mão? Quanto às emoções destrutivas, ouso dizer, elas não são o tipo de dom de que não podemos ficar sem.

A razão pela qual parecem ser tão importantes é um falso "axioma".

Sabemos que somos fracos por natureza e que errar é humano. Isto é uma ilusão, uma mentira. E, também, é uma parte do mesmo segredo, uma vez que serve para justificar os atos mais terríveis. Sei como é fácil dizer que devemos aproveitar a nossa raiva e superar nossos medos, e como é realmente difícil fazê-lo. No entanto, confie em mim, a dificuldade decorre justamente desse falso "axioma", que foi inculcado em nossas mentes durante séculos.

Não estou dizendo que é possível para nós sermos totalmente impecáveis.

Sim, errar é humano, mas apenas quando se trata de coisas relacionadas ao corpo. Quando a dor física está envolvida, somos fracos. Não há dúvida sobre isso. Pelo menos a maioria de nós é.

Mas isso é assim porque a nossa força reside em nossas almas, em nossos pensamentos. É aí que não temos nenhuma desculpa para errar! Pois ao nascer somos ligados à Bondade, o Amor e a Natureza – em outras palavras, com tudo o que é

Deus, pelo menos é desta forma que vejo, como crente que sou.

Por que somos feitos para esquecer, ignorar, ou até mesmo ridicularizar isso como algo "ultrapassado"? O objetivo desta aparentemente inofensiva "teoria", tão "compreendida" pelas nossas fraquezas, não é simplesmente nos fazer parar de acreditar em Deus, mas, mais importante, nos fazer esquecer que Deus está dentro de nós, para que o nosso espírito seja alquebrado.

Pois, uma vez que aceitamos que ser fraco de espírito é a nossa condição natural, o próximo passo é muito lógico: nos livramos de qualquer responsabilidade pela energia que criamos. Em outras palavras, nós voluntariamente removemos todas as nossas barreiras internas que estão no caminho das emoções destrutivas e dos pensamentos ruins.

E, por natureza, eles não são verdadeiramente nossos – por nascimento somos bons. Na verdade, eles nunca se tornam totalmente nossos.

O processo é o inverso: uma vez que nos conquistou, nós que nos tornamos deles. E apesar de sermos os mesmos na aparência (ou quase os mesmos – você sabe como uma pessoa com raiva, por exemplo, pode ficar irreconhecível), com efeito, não somos os nossos velhos eus. Nos transformamos em geradores de pensamentos ruins em forma humana – isto é, em pequenos geradores de energia negativa. Eles nos tornam... como direi... seres humanos apenas pela metade. Pela simples razão de que já não somos bons, que estamos cheios de agressão e prontos para destruir. E, muitas vezes, estamos assim. Em primeiro lugar, a nós mesmos, a nossa própria integridade, e em seguida, os outros, especialmente aqueles que mais amamos. Mesmo sem querer, transmitimos nossas vibrações negativas a eles. Assim, depois de termos perdido a nossa harmonia interior – a assim chamada paz espiritual, paz interior, o nosso maior poder – começamos a destruir tudo à nossa volta também. Destruímos o amor, e, assim, destruímos a harmonia no mundo, a Natureza em geral. Vamos lá: é assim que o mecanismo de destruição funciona.

Em suma, sem a nossa ajuda a antinatureza é impotente. Neste sentido, de fato, ela se torna um parasita.

Portanto, este é o segredo. E deve ser dado ao conhecimento de todos; caso contrário, sem querer ou até mesmo por vontade própria, vamos continuar a ajudar a destruição. Isso é o que minha avó queria me dizer. Isso é o que eu quero dizer a você também.

E peço que se lembre de uma coisa principal: não temos desculpa – está ao nosso alcance impedir que isso aconteça! Assim como está dentro do nosso poder fazer exatamente o contrário: sermos geradores conscientes de bons pensamentos. Você sabe como ficamos carregados de energia positiva pelas pessoas realmente geniais e cordiais – não por aquelas que usam máscaras de sorriso mas por aquelas que emanam amor genuíno e serenidade. Todos nós podemos ser assim. Imagine quantos milagres começariam a acontecer! Imagine como o mundo se transformaria!

Portanto, minha querida Ann, apesar do título desta minha "carta", trata-se de algo mais significativo: os geradores de pensamentos em geral. Cabe a nós decidir quais tipos de geradores de pensamentos seremos e, respectivamente, que tipo de energia emanaremos. Em outras palavras, você pode corrigir o título, removendo a palavra "ruim" dele, pois não merece uma posição tão proeminente. Eu deliberadamente o deixaria lá. Você pode excluí-lo – se e quando sentir que vale a pena.

Eu te amo!

Sua avó, "Mãe" Tsika

O caderno terminava ali. Ann se recostou na cadeira e olhou para a esquerda. Há cerca de dois metros de distância estava a parede com as fotografias de família. Sua avó estava olhando atentamente para quatro delas. Como uma menina: em um vestido de gola branca, juntamente com sua mãe. Em seguida, um pouco mais velha: sozinha, em um terninho formal e um pequeno chapéu de astracã com uma pluma, sentada de perfil em uma grande cadeira espreguiçadeira, com o braço apoiado contra ela e com um ar de importância marcante. Mais uma foto no mesmo estúdio: no mesmo dia, aparentemente, mas do outro lado do seu perfil e em pé. Na quarta, ela já está casada com o avô de Ann. Ambos estão de pé. Ele está segurando um chapéu-coco e uma bengala à sua frente. Ela está em um longo, apertado e escuro terno de lã, que toca o chão, e com um esplêndido chapéu de abas largas, com a cabeça ligeiramente inclinada para o seu lado, e, como se para equilibrar este sinal tradicional de obediência, ela apertou as mãos atrás das costas em uma postura de "mestre". Eles são muito jovens e esta já é a mulherzinha que esconde uma grande pedra em seu interior – a mulher que Ann conhecia tão bem. A mulher que, junto com Muhcho e sua outra avó, a havia carregado com um estoque tão infinito do amor e da sensação de segurança que Ann vagou pelo vasto mundo como uma criança de conto de fadas – sempre esperando encontrar pessoas boas e que, se precisasse de ajuda, alguém automaticamente viria até ela oferecer. E assim aconteceu, por muitas vezes. Até agora, pelo menos! Como uma onda de uma varinha mágica. Como diz o ditado, "na hora e no lugar certos".

No entanto, recentemente, Ann estava se sentindo cada vez mais "esgotada", como sua avó descreveu: à noite, ela acordava com um pensamento obsessivo em sua cabeça e, em seguida, não conseguia recuperar a paz interior por dias seguidos. No início, a sensação era como em um sonho: como se ela fosse o maquinista de um trem cujos freios haviam falhado e em breve o inevitável aconteceria – o trem descarrila – e ela se sente profundamente infeliz e totalmente desamparada. E a raiva, sim, nada além da raiva por esse episódio ter acontecido! – gradualmente começa a crescer dentro dela, assumindo o controle do seu ser e a transformando em uma Ann diferente – feia e má. Ela fica apavorada com as palavras que ouviu ela mesma proferir. Como se um estranho estivesse falando através de sua boca, como se ela fosse uma marionete nas mãos de outra pessoa. E ela novamente se sente como em um conto de fadas, mas desta vez em um conto assustador: por mais que ela tentasse afastar essa outra criatura e tentasse voltar ao seu antigo eu, ela raramente conseguia sem fazer um enorme escândalo. Mas desta forma o veneno que se instalara em seu interior – este veneno que, certamente, não era dela, mas que de alguma forma estava se tornando seu – se espalhou entre seus entes queridos. Ou melhor, derramou-se sobre eles. Pegajoso e imprudente, e com um objetivo claro: não parar antes de ter atingido completamente todos eles. E foi exatamente neste ponto que Ann teria seus olhos "abertos" – como se tivesse ficado sóbria de vez, simples assim – e ela ficaria estupefata com a visão do que ela havia infligido. Ficaria totalmente perdida com tudo isso que poderia ter acontecido, e, é claro, ela se arrependeria, choraria e faria o seu melhor para reparar o estrago. E assim ela prometeria a si mesma que nunca deixaria uma coisa dessas acontecer novamente. No entanto, aconteceu. De novo e por várias vezes. Para o seu horror! É por isso que ela não pediu mais perdão a Deus, mas sim, pediu uma oportunidade – muitas delas! – Para ser boa para as mesmas pessoas a partir de agora.

Sim, sua avó estava supercerta: tanto sobre o próprio mecanismo de destruição, quanto a dificuldade de pará-lo, uma vez que houvesse sido colocado em movimento.

Ann levantou-se e olhou atentamente para o rosto de sua avó na segunda e na terceira fotografias. A história em questão já havia acontecido naquela época? Provavelmente não! Pois, na foto com seu avô, ela parecia tão diferente. Muito mais forte, sem dúvida! Ela já tinha essa mistura de humildade e firmeza que as pessoas sábias exalam.

Ann se lembrou do caso da arma descarregada durante a guerra. Havia estado na bolsa de sua avó, quando com o seu filho mais velho – embora com apenas 7 anos de idade, era algum tipo de amparo – ela havia contratado um cabriolé para ir a uma aldeia à procura de comida. Seu marido estava lutando na frente, portanto ela não tinha escolha. No caminho, o cocheiro parou e disse-lhes para sair e encontrar o seu próprio caminho. E ele já havia recebido o seu pagamento de ida e volta. Sua avó havia tido um pressentimento – é por isso que havia levado a arma e agora, sem um momento de hesitação, ela a disparou contra suas costas. Ele não sabia, é claro, que a arma estava descarregada e assim, sem dizer uma palavra, levou-os para a aldeia e de volta para casa, com a comida; sãos e salvos.

Quando é que ela se tornou tão forte assim?! – Ann pensou melancolicamente e suspirou.

Bem, ela havia feito algum progresso em uma frente pelo menos – a de "ter um sentimento". Afinal, ela havia percebido que a notícia seria diferente, não necessariamente ruim, apesar destes geradores que até algumas horas atrás a terem assustado tanto.

"Muhcho pode estar certa, mas parece que não sou tão ruim quando se trata de intuição", disse para si mesma, voltou para sua cadeira e começou a reler as palavras de sua avó. Em seguida, ela folheou de volta para encontrar o título. Com um golpe do seu lápis ela o corrigiu, deu um sorriso cúmplice para os fotografias na parede e fechou o Caderno nº 2.

capítulo 7

Mas...

"Meu Deus! Qual é o seu problema?" Ann exclamou quando viu a mãe na manhã seguinte. Muhcho exalava ansiedade e constrangimento e estava visivelmente nervosa.

"Nada! Nada! Estou perfeitamente bem", Muhcho fez uma tentativa para sorrir, mas não deu muito certo.

"Se você está bem, qual é o problema então? O que aconteceu? "Ann insistiu, enquanto, ao mesmo tempo, a ansiedade rapidamente também dominou o seu rosto e deformou sua fisionomia.

É claro que isso não passou despercebido por sua mãe, que imediatamente se arrependeu de ter traído a si mesma, após ter afugentado a sensação palpável de felicidade – ainda sonolenta, serena, felicidade quase infantil – que havia entrado no quarto, juntamente com sua filha. "Eu tenho que me recompor", ela proferiu em sua mente a frase geralmente destinada a Ann, e isso de repente a animou: Muitas vezes é o que tentamos passar para os adultos, apenas para manter o ritmo com o nosso corpo! No entanto, neste caso, não se tratava apenas de uma representação. Ai de mim! Haviam chegado na parte mais difícil da ponte, sobre a qual haviam começado a andar outro dia – o abismo abaixo delas era impressionante! – E agora ela tinha que levar sua filha ao longo deste trecho também. Seu amor exigia isso! Embora ela mesma não soubesse bem como deveria fazer isso. Até o momento ela havia tido ajudantes maravilhosos: o cão marrom-chocolate de Frankfurt, "seus" gatos, as vespas do sonho de Ann, os cadernos de sua sogra. Mas agora ela tinha que lidar com isso sozinha e não podia permitir mais delongas.

"Nada aconteceu", desta vez sua resposta soou mais convincente. "Só precisamos continuar a nossa conversa. Tenho mais coisas para lhe dizer... muito importantes e mais uma vez... nem todas são muito claras."

"Mas já não terminamos com isso?" Ann arregalou os olhos. "Você disse que deixaria a má notícia para a minha avó, não disse?"

"E deixei mesmo. E posso ver que o que você leu lhe acalmou. Mas isso não é o fim da má notícia", Muhcho disse com extrema cautela. "Não quero que você se iluda. As coisas são muito diferentes agora..."

"Uma grande mudança! Num espaço tão curto de tempo?" Ann estava perplexa.

"Na verdade, não é tão curto assim. Primeiramente, sua avó escreveu essas cartas bem antes de morrer. Mas o mais importante, sua geração, ou melhor, as gerações que vieram através das duas Guerras Mundiais – para eles, esses eventos continuam inigualáveis. E por um bom motivo! É por isso que o foco da sua avó foi principalmente sobre a raiva e o medo. Não que os tenhamos superado nos dias de hoje. Mas..."

"Oh, e eu não sei disso?" Ann olhou para baixo. Ela não queria abordar o assunto da raiva – de tão profundamente envergonhada que estava de seus próprios acessos de raiva, dos quais sua mãe era testemunha na maior parte das vezes – de repente, para sua própria surpresa, ela disse: "Mas o que você está dizendo sobre as Guerras me faz pensar em alguma coisa. Espere um segundo."

Ela se dirigiu para a estante de livros, como se guiada por outra pessoa – alguém que não era de forma alguma hostil, nem mesmo estranho, alguém cuja voz carinhosa estava sugerindo, em um sussurro, em algum lugar dentro de sua própria mente, dentro de seu próprio corpo, o que ela deveria fazer. Somente quando seus olhos começaram a correr pelas prateleiras, Ann percebeu o que este "alguém" – ou, talvez mais precisamente, esta outra parte, invisível, e um tanto vaga de seu próprio ser – estava buscando, e ela começou a murmurar:

"Onde eles estão? Onde eles estão?"

"Onde está o quê?" Sua mãe perguntou confusa.

"Ah, aqui estão," Ann puxou *Três homens na neve*, de Erich Kästner, e começou a folheá-lo, ao mesmo tempo que explicava tanto para a mãe quanto para si mesma: "Quando você mencionou as Guerras... Lembrei-me de como a vovó costumava reagir a um parágrafo. Aqui está. Você sabe que eu dobrava o canto da página para marcá-la, o que não é bom mas ajuda quando você precisa encontrar algo." Então, ouça estas palavras: A verdadeira guerra não é a da linha de frente. É a guerra pelas mentes das pessoas, para que possam ser transformadas em território ocupado. A vovó se perguntava como um homem que havia vindo da guerra poderia escrever isso. No entanto, ela gostava muito de Kästner..."

Assim que Ann tirou os olhos do livro, uma nova surpresa estava esperando por ela: uma Muhcho completamente diferente estava sentada à sua frente – e não aquela que ela havia encontrado no quarto apenas alguns momentos antes, mas a sua Muhcho, como ela a conhecia: calma, alegre e feliz. Muito mais do que isso: sua mãe estava simplesmente brilhante.

"O que aconteceu com você agora?" Ann suspirou.

"Bravo!" Foi a resposta que ela deu. "Bravo, minha menina! Vem cá, sente-se ao meu lado."

"Bravo pelo quê?"

"Pelo incrível progresso que você está fazendo! Estou tão orgulhosa de você! Não lhe disse outro dia: não subestime sua intuição?!"

Sem notar o rosto totalmente perplexo de Ann, Muhcho a abraçou e pegou sua mão com todo carinho e cuidado, do mesmo modo que havia feito no início da conversa, e continuou:

"Você não tem ideia do fardo que foi tirado dos meus ombros. E o quanto você está me ajudando! Você verá o que quero dizer. Graças a Deus, agora não preciso mais me preocupar de onde devo começar e posso ir direto à questão."

"Sim, por favor, faça isso!"

"O que sua avó diz em sua última carta é exatamente assim", Muhcho começou. "O problema é que a destruição não entra em movimento apenas desta forma. Há mais um mecanismo poderoso de antinatureza – mais sofisticado e, portanto, muito mais difícil de se reconhecer, muito menos de se contrariar. Também é baseado na geração de pensamentos que trabalham contra nós e, no final, contra a natureza. Só que eles não são pensamentos ruins, eles são os alienígenas! Lembre-se: eles podem ser completamente inócuos, o problema é que eles não são nossos. E quanto mais eles se proliferam, menos espaço e tempo eles deixam para os nossos próprios pensamentos."

"E a nossa mente se torna 'território ocupado', Ann jogou quase que automaticamente. Ela mesma ainda estava se perguntando por que lhe havia ocorrido olhar para esse parágrafo específico.

"Isso mesmo", confirmou Muhcho. "É exatamente esse o caminho... ou melhor, esta é uma das formas pelas quais a antinatureza funciona. Este mecanismo também poderia ser chamado de gerador de pensamentos alienígenas ou um silenciador de nossos próprios pensamentos. Prefiro o último. Na verdade, existem vários tipos de silenciadores de pensamentos. E já comecei a lhe contar sobre alguns deles ontem. Sobre os pensamentos aparentemente inofensivos que bloqueiam a entrada ao Banco Espiritual dentro de nossas almas. Você se lembra, certo?"

Ann deu apenas um leve aceno com a cabeça: ela não queria mais interromper sua mãe.

"Às vezes", Muhcho continuou, "eles parecem tão inócuos que podemos muito facilmente confundi-los com os nossos pensamentos. Por exemplo, decidimos comprar isto ou aquilo. A pergunta é: será que realmente precisamos disso? Com demasiada frequência, só queremos possuir algo porque está na moda, ou porque alguém tem, ou por outras motivações – ou seja, não precisamos realmente. No entanto, continuamos pensando nisso até conseguirmos. E esses pensamentos nos fazem trabalhar para isso, investir tempo e esforço – em outras palavras, investimos parte de nossas vidas em algo absolutamente desnecessário. Estes pensamentos aparentemente inócuos, na verdade, são lixo. Assim como comida porcaria. Nada de especial à primeira vista, mas, na verdade, muito perigoso. Porcarias enganam nossa fome com calorias desnecessárias e prejudiciais, e pouco a pouco desorganizam nossos corpos de tal forma que o alimento verdadeiro dificilmente poderá nos ajudar a partir deste ponto. Pensamentos porcarias, por sua vez, se estabelecem em nossas cabeças, deixam os nossos próprios pensamentos de lado e direcionam nosso tempo e esforços em uma direção falsa e fútil..."

"Para as coisas materiais, onde temos focado tanto..." Ann novamente tentou terminar a frase de sua mãe, mas desta vez não recebeu aplausos.

Muhcho lhe lançou um dos seus olhares sorridentes típicos que, se eles não estivessem cheios de amor, poderia passar por condescendência, o que significaria: "Bem, você não acertou em cheio agora, mas a vida está à sua frente – da próxima vez você irá acertar." E assim, surpreendentemente, ela disse:

"Desculpe-me, mas toda esta conversa sobre a onipresença da cultura material já se tornou um clichê, puro e simples. Não podemos nos tornar eremitas e ficarmos sem nada material. Nem podemos esperar que as pessoas no século XXI vivam sem o essencial. Você pode dizer a milhões de pessoas que não o têm para não pensarem sobre ele e não trabalharem por ele? Você pode dizer-lhes que o foco em coisas materiais é errado? Claro que não! Isso seria puro cinismo. Seria possível levar uma vida digna nas ruas, sem um teto sobre a cabeça ou sem, digamos, água limpa? O problema é outro: uma vez que já temos o indispensável, é depois começar a acumular cada vez mais, ou quando apenas continuamos comprando coisas e as jogamos fora, e temos essa atitude repetidamente, e não simplesmente porque esses objetos não têm mais utilidade. Você se lembra o que sua avó costumava dizer quando algo quebrava? Que não devíamos nos preocupar já que aqueles que o produziram também têm famílias para alimentar, correto? Portanto, não estou mencionando tais casos de forma alguma, o que quero ressaltar é o desnecessário e a substituição infinita de coisas. Simples assim: porque isso, supostamente, é o que devemos fazer, até mesmo como uma forma de entretenimento, de gastar nosso tempo livre. Você entendeu?" Muhcho respirou. "O problema não está nas coisas materiais, a princípio, mas na aquisição de coisas desnecessárias, ou melhor, em todo o processo mental que acompanha o consumo interminável. E o interessante é como esses pensamentos lixo deslocam pensamentos sobre as coisas materiais de significado real e como isso chega ao absurdo! Você mesma me falou sobre o Alemão no Rio e sua noiva Equatoriana: como ele ficou chocado e não conseguia acreditar em seus olhos quando ela e suas irmãs, embora vivendo em uma favela, ainda continuavam falando e sonhando com roupas e produtos de marca. Não poderia haver um exemplo melhor de como este pensamento silencioso funciona!

"Mas não é a indústria da publicidade a culpada de tudo isso?" Ann sugeriu timidamente. "Na verdade, o parágrafo de Kästner é sobre isso. Francamente falando, nunca teria me ocorrido que este processo tinha algo a ver com antinatureza".

"Bem, você sabe, essa coisa sobre a publicidade também já é um clichê", respondeu a mãe, surpreendendo Ann pela milésima vez nesta manhã. "Sim, é, por mais difícil que seja você acreditar. Na verdade, a publicidade muitas vezes ajuda muito. Afinal de contas, todos nós – bem, a maioria de nós, pelo menos – queremos ser enaltecidos pelo que fazemos, não é? E o que há de errado com isso? Mas a sua intuição a coloca no caminho certo novamente. A publicidade não é perfeita, de forma alguma, principalmente em um aspecto: ela sugere e tenta convencer as pessoas de que tudo pode ser alcançado pelo caminho "mais fácil e rápido".

"Mesmo neste exato segundo. Agora! "Ann imediatamente imitou o final típico de muitos comerciais.

"É isso aí", disse Muhcho. "Ontem eu lhe contei sobre os animais: como tentam diminuir esse ritmo frenético de nossas vidas e neutralizam sua frequência, o que de modo algum é natural. Eles fazem isso porque esse ritmo não tem nada a ver com a natureza, isto é, não tem nada a ver conosco. Mas eles também fazem por outro motivo: porque esta transformação de nossas vidas em uma corrida constante – pior ainda, em uma competição sem fim! – é outro pensamento silenciador. Quando você está em uma corrida com alguém, com todo mundo, não importa mais se você é bom, na verdade, o que importa é que você seja o primeiro. E o medo de ficar para trás, o estresse de viver na pista rápida o tempo todo, tem um efeito paralisante. Paramos de pensar em qualquer outra coisa, nos tornamos escravos da própria ideia de que o impulso competitivo é, supostamente, inato para nós. E essa ideia nos faz cada vez menos humanos. Por favor, note que neste caso também, como sua avó escreve, é uma questão de transformação em "axiomas" de algumas coisas que só parecem ser inerentes à natureza humana. Considere, por exemplo, a conversa incessante sobre a adrenalina, sobre qualquer atividade sem suspense sendo "desinteressante" – tanto na vida quanto na arte. Paraíso, no sentido figurado, por assim dizer, é supostamente nada além de chato. Isso já é um dado assumido. O que significa o quê? Essa harmonia é chata. É isso mesmo: mais um falso "axioma". Pois, nascemos para a harmonia, para viver uma vida em harmonia com nós mesmos e com a natureza. Pois não importa o quão rapidamente algumas operações são realizadas hoje – aquelas que envolvem informações, transporte, ou contatos digitais – as coisas essenciais da vida humana ainda requerem a mesma quantidade de tempo, a fim de conquistarem um lugar. Não nascemos mais rápido, nascemos? E, por outro lado, há tantas coisas importantes que não acontecem simplesmente porque estamos constantemente correndo contra o tempo. Com mais e mais frequência, só os nossos corpos fazem contato, mas para as nossas almas se comunicarem precisamos de tranquilidade, segurança, temos de parar de correr..."

"Só não me diga que há mais silenciadores de pensamentos", Ann arremessou tensa.

"Infelizmente, há", Muhcho melancolicamente balançou sua cabeça. "Já vou te falar sobre esse outro – o mais recente e o mais óbvio, neste assunto. Pois é, um silenciador no sentido literal. Apesar que, ao que tudo indica, não somos capazes de reconhecer este também. Haveria outra razão pela qual deixamos que entrem tão facilmente em nossas vidas?

"Você está falando do barulho?"

"Claro que estou. Ruídos que vêm de todos os lugares, dos decibéis de volumes muito acima do normal; do barulho e do caos de conversas simultâneas, desses gritos com sons, figuras e fluxos de informações. Em seguida, a expectativa – ou melhor, a condição! – de que devemos ser capazes de ler, assistir, trabalhar, e responder prontamente, tudo ao mesmo tempo... Em meio a todo esse caos e ruídos, é impossível para qualquer um se concentrar por muito tempo, e muito menos que tenha espaço, tempo e força suficiente para os próprios pensamentos!"

Sim, sim, correto. Tudo o que você está dizendo é a pura verdade", disse Ann de uma maneira um tanto inquieta. "Há uma coisa que eu não entendo muito bem. Ou melhor, eu realmente não quero acreditar que é assim. Quero dizer, que a antinatureza é a culpada por tudo. Sinto muito, mas tudo isso parece, de alguma forma, uma teoria da conspiração. E você sempre desconfiou de tais teorias."

"Queria tanto que fosse apenas uma teoria da conspiração", Muhcho suspirou. "Acho doloroso até mesmo falar sobre isso com você. Você sabe qual é a coisa mais triste de tudo isso? Que este mecanismo de antinatureza tem um impacto tão poderoso, não tanto graças às pessoas que trabalham para ele, mas graças ao resto de nós, ou, bem, pelo menos a maior parte de nós!"

"Eu não entendo. A vovó diz exatamente o mesmo: que nós mesmos permitimos que o mecanismo de destruição seja colocado em movimento. Qual é a diferença neste caso?"

"A diferença é que aqui é uma questão de algo que se parece com uma psicose em massa. Não é tanto uma questão de escolha individual ou de ceder, como é com a raiva e o medo. Com eles, muitas vezes acontece de voltarmos aos nossos sentidos depois de um tempo. Porém, neste caso, nos comportamos como se estivéssemos todos entorpecidos, e aceitamos tudo o que se segue como algo totalmente natural. E não é. De forma alguma! No entanto, estamos orgulhosos das conquistas da nossa civilização contemporânea – muitas das quais são, é claro, indiscutíveis. A nossa vida, hoje, não está sintonizada com a frequência da natureza, pelo menos em grande escala. E a situação é essa exatamente por causa do silenciador de pensamento: eles se misturaram em nossa vida a ponto de se tornarem um de nós, e parece que não temos nada contra isso. E você sabe por quê? Os silenciadores de pensamento estão ligados a pelo menos duas emoções destrutivas, ou melhor, estados de espírito, que são exatamente o oposto do medo e da raiva, mas produzem o mesmo efeito. Estou falando sobre a apatia e a indiferença. A raiva e o medo geram agressão e violência, enquanto que a apatia e a indiferença, por outro lado, as suportam. E o resultado é o mesmo: insensibilidade absoluta, falta de compaixão e de humanidade. Vamos lá: como lhe disse, como não temos tempo para os nossos próprios pensamentos nos tornamos menos humanos. Pois deixamos de ser sensíveis às dores dos outros, principalmente daqueles que vivem distantes e têm uma vida diferente da nossa. Você entendeu agora, não entendeu?"

Muhcho havia observado as reações de Ann de perto e sabia a resposta. Ela também sabia que a missão mais difícil – aquela com a má notícia – estava prestes a acabar. E ela tinha a sensação de que, ela e sua filha, andariam o resto da distância como verdadeiros pares. Ann não demorou a confirmar:

"Você sabe... Sim, sim, consegui. Claro... Mas há outra coisa que quero te dizer. Agora, acabei de perceber que posso sugerir outro silenciador de pensamento por mim mesma. Se você me permitir..." Ann fez uma pausa e lançou um olhar interrogativo à sua mãe. "A sensação de insensatez, certo? Como..."

Ela teve que parar novamente para obter um controle sobre si mesma. Sua voz sempre vacilava quando ela passava a abordar este assunto. Ela havia empenhado tanto esforço para resistir – à sensação de insensatez; tantas coisas em seu trabalho e em seu país fizeram com que ela se sentisse dominada. Sim, ela estava muito familiarizada com o buraco negro onde você se encontraria impulsionada a usar argumentos como "E daí?" e "Não importa – o que você fará?" Ela sabia muito bem que a falta de qualquer mudança era o resultado desses mesmos argumentos, e que se você produzisse a sensação de insensatez minaria toda a sua força e também lhe transformaria em um buraco negro, com contornos de ser humano. Este sentimento terrível foi o primeiro sinal de um colapso que ela havia aprendido com o seu querido Exupéry. Ele havia escrito isso em conexão com a França e a Segunda Guerra Mundial.

A guerra? Mais uma vez? Qual era o problema dela hoje – por que o conceito da guerra continuava surgindo em seus pensamentos? Quando estavam com os "seus" gatos, sua mãe lhe havia dito que a luta era para todos e para cada alma. Sim, realmente não importava se este era um clichê. Talvez não era mesmo uma mera luta, mas uma guerra de fato! Ann estremeceu e continuou em voz alta:

"Quando você mencionou apatia e indiferença, foi isso que me ocorreu. Estou certa?"

"E como!" respondeu Muhcho. "A sensação de insensatez é um dos silenciadores mais poderosos. Ele consegue bloquear não só os nossos pensamentos, mas também a nossa capacidade de agir. E às vezes ele faz isso até mesmo com o mais ativo de nós – aquele que nenhum outro silenciador conseguiu afetar. Na verdade, o seu impacto é o mais rápido de todos. Pois quase que imediatamente distorce a nossa percepção de mundo. No final, é o que os outros silenciadores também alcançam, mas mais lentamente. E, como resultado desta falsa imagem do mundo, não conseguimos mais dizer a diferença entre uma mentira e uma verdade. Como em qualquer outro território ocupado", Muhcho fez um gesto eloquente a Ann, "um processo de assimilação está em curso. Neste caso: um processo de substituição, de restituição – do verdadeiro pelo falso. Prazer e conforto passam a ser felicidade, o interessante passa a ser o belo, o moderno substitui o original. O sexo automaticamente significa amor. Entretenimentos que nos cansam são tidos como relaxantes. E a compra de objetos conta como a realização dos sonhos..."

"Oh, a lista é interminável", Ann interveio. "Basta olhar para o que às vezes é chamado de 'arte'. Atos de violência são tidos como manifestação de amor, no vulgar é visto poesia. E recentemente li sobre outro absurdo. É além da esfera da arte, mas é preciso um voo incrível de 'imaginação' para se chegar em algo assim! Ouça isso: o estupro é, supostamente, uma extensão natural da libido dos homens", Ann fez uma pausa para ver o efeito de suas palavras e continuou, "de acordo com a lógica da evolução!"

"Isso desafia qualquer crença!" Muhcho explodiu. "Embora não seja de admirar! Na névoa de pensamentos alienígenas podemos muito bem aceitar isso como verdade – o que significaria o fim de qualquer responsabilidade. É aí que esta apatia em massa e a falta de nossos próprios pensamentos poderiam fazer todos nós acabarmos. Afinal, em meio a tantos objetos e valores falsos, estamos prestes a nos transformar em "fantásticas" pessoas falsas – o que é o objetivo final, de fato, desse processo de substituição."

Ela parou de falar por um momento, aparentemente em uma tentativa de recuperar sua compostura, e até sorriu:

"No entanto, deixe-me terminar com a teoria da conspiração. Sério: a falsidade não é, de forma alguma, uma questão inócua.

É... como hei de dizer... uma forma de antinatureza, uma parte dela. Sendo mais precisa: a antinatureza se materializa por meio da falsidade – no nosso mundo e dentro de nós mesmos. E neste mesmo caminho assume o território da natureza." O fato é que, desde que a antinatureza e os seus agentes não podem se apoderar dos poderes mágicos dos anões, que eram, na verdade, os nossos próprios poderes mágicos, humanos, em tempos antigos, eles querem nos impedir de ganhá-los de volta. E quanto mais rápido deixamos de ser pessoas autênticas, mais efetivo esse processo se torna. Além disso, eles querem destruir o último poder mágico que nos resta."

"Mas eles ainda não conseguiram, não é mesmo?" Ann, que até pouco tempo tinha um olhar triste, quase desesperado, aguçou seus ouvidos novamente. "Mas há boas notícias no horizonte. Eu sabia! Finalmente um raio de luz neste quadro sombrio! E quais são esses poderes mágicos? Acho que sei quais são os poderes dos anões... Mas qual é o único que ainda nos resta?"

"Oh, não me apresse, por favor. Vamos dar uma pausa", disse sua mãe que pensou consigo mesma o quão mais fácil era falar de coisas além do quadro da vida cotidiana e quanto mais inclinados estávamos a aceitá-los, ainda que, por vezes, apenas como um pedaço de fantasia. E ela também pensou no quão difícil, quase impossível, era olhar para o familiar distante e conseguir vê-lo sob uma luz diferente. Pois não era como o olhar habitual no espelho, onde você olha com seus olhos, ou seja, do interior, mas era como pisar além dos limites do seu corpo e dar uma olhada em si mesmo de fora. Graças a Deus, ela havia terminado esta tarefa!

O olhar cansado de sua mãe alertou Ann que ela não deveria insistir mais. Ela estava desapontada, mas decidiu elevar seu espírito por si própria:

"Sabe, quando penso nisso agora, os dois primeiros silenciadores de pensamento não são tão difíceis de afastar."

"Só parece que são", disse Muhcho. "É aí que mais precisamos de ajuda."

"Bem, eles não representam uma ameaça para mim, pelo menos," Ann persistiu alegremente.

Muhcho inclinou a cabeça um pouco e, com as sobrancelhas levantadas, olhou para sua filha, um tanto cética.

"Oh, eles representam sim, e como!"

"É mesmo!" Ann exclamou, verdadeiramente espantada. "Nós não nos reunimos para ofendermos umas às outras, certo?"

"De forma alguma", Muhcho sorriu para estas suas frases favoritas de família, e em seguida assumiu um olhar completamente ingênuo e acrescentou: "Acabei de me lembrar de um pequeno incidente recente na Holanda. Nada mais..."

Ann mordeu os lábios e fechou os olhos com força. Ela não queria lembrar disso de jeito nenhum. Mas os detalhes do incidente em questão começaram a fluir em sua mente imediatamente, e os mais implacáveis e com uma precisão meticulosa começaram a fazer fila, um atrás do outro, como se estivessem acontecendo naquele exato momento. Porém, agora, ao mesmo tempo, dentro de sua própria mente, Ann conseguia se ver fora da situação, e ela estava tão envergonhada que o que ela queria mesmo é que a terra se abrisse e a engolisse. Era muito difícil acreditar que ela era a "personagem principal" deste enredo totalmente não ficcional.

capítulo 8

Três horas no Aeroporto de Amsterdã

Na realidade, em seu caminho para o aeroporto, Ann estava muito feliz. Depois de uma semana de inverno de quase congelar em junho, o vento implacável havia finalmente se acalmado, permitindo que o sol espalhasse o seu calor, como convinha à temporada, e fazendo com que Ann relaxasse e deixasse o casaco no banco do carro ao lado dela. Além disso, era domingo e o tempo previsto para a viagem para o aeroporto era, ao que tudo indicava, bem mais curto. Assim, ela teria um total de três horas e, talvez ainda mais, para o seu chinês! Mentalmente, Ann esfregou as mãos de contentamento, quando se deu conta disso, e gentilmente puxou para si a sua maleta vermelha, que acomodava os seus companheiros de viagem: um pequeno dicionário, vinte e poucas páginas de livros didáticos fotocopiados e um maço de folhas amarelas, aveludadas de um lado e cobertas com hieróglifos.

Dois meses atrás, ela havia adicionado o aprendizado desta língua a todas as suas outras atividades, e ela já havia se tornado sua nova paixão. Tanto que às vezes ela sonhava poder fazer só isso e mais nada. Não que ela tivesse um dom especial para isso. Ela não tinha ouvido musical e duvidava que falaria a língua fluentemente um dia. Mas os hieróglifos! Isso era o que a fazia entrar em êxtase. Desenhá-los era uma grande alegria, em primeiro lugar, mas, o mais importante, cada um deles era como um conto de fadas. Ann não estava com pressa naquela empreitada – ela estava aprendendo por prazer – portanto, ela não queria memorizar as palavras mecanicamente. Seu professor, por sua vez, era versado em chinês antigo e meticulosamente explicou-lhe a história por trás da forma escrita atual de cada palavra. Como, por exemplo, a palavra para *pretensão* (e *intenção*) usada para compor os desenhos para *coração* e o som que vem dela, uma vez que os chineses acreditavam que era com os nossos corações que pensávamos. Ou como a palavra para *saber* (e *conhecimento*) costumava ser os desenhos para *seta e boca*, pois quando o conhecimento é genuíno o que dizemos vai direto ao alvo, e no hieróglifo de hoje o sinal para *estrada* – o famoso *dao* – havia sido adicionado... É por isso que Ann tinha a sensação de que ela não estava simplesmente aprendendo palavras, mas sim histórias completas ou, para ser mais exata, fábulas sobre a comunicação das pessoas com a natureza; sobre o que costumávamos ser, e o que somos, embora muitos de nós tenhamos esquecido. E assim ela estava em um estado de êxtase sem fim.

Foi neste estado de espírito que Ann foi levada ao aeroporto. Enquanto isso, ela tirou uma das folhas amarelas aveludadas e ficou imersa nela. Em seguida, ela cuidadosamente a empurrou de volta na bolsa e, com a intenção de em breve desfrutar de um momento de solidão com ela em algum lugar tranquilo, ela colocou sua mala grande em um carrinho e se dirigiu à mesa de *check-in*. Não havia filas lá, nem no controle de passaporte; portanto, em cerca de dez minutos ela havia terminado o "programa obrigatório", e, na linguagem do seu "novo amor", estava livre para seguir o som do seu coração.

No entanto, nada disso aconteceu.

Será que foi porque ela percebeu que tinha muito mais do que três horas livres e disse a si mesma que poderia dar uma olhada rapidinha nas lojas *duty free* primeiro? Ou foi porque a parte interna do aeroporto, ao contrário de muitos outros, era equipada com aqueles pequenos carrinhos que tão gentilmente tiram o fardo da nossa bagagem de mão de nossos ombros – e sua bagagem de mão não consistia somente da sua mala de mão vermelha mas também de um casaco e de uma bolsa bem embalada... Ou porque na primeira loja que ela avistou havia um perfume especial – não que ela não tenha um número suficiente deles em casa, ela está "abastecida" por pelo menos um ano, mas este, de repente, a atraiu, e ele também estava em promoção...

De uma forma ou de outra, as três horas seguintes da vida de Ann passou de uma forma totalmente incomum para ela.

De repente, o tempo, como se tivesse encolhido, diluído, e quase achatado – como um homem com medo, pressionado contra a parede, na esperança de se tornar invisível – rapidamente passou por ela antes que ela pudesse se virar. Não é de admirar que Ann não sentiu as horas passarem, e ela não acreditou em seus olhos quando, mais tarde, deu uma olhada no relógio. Essas três horas simplesmente se passaram sem que ela percebesse!

Até então Ann sempre havia feito piadas sobre a forma como os rostos das mulheres ficam dentro das lojas – com os olhos em *roaming*, mas ao mesmo tempo focadas mortalmente, como se o mundo tivesse desaparecido, ou melhor, como se tivesse diminuído e encolhido – como um *sweater* de lã, lavado de forma indevida. "Uma quantidade incrível de pensamentos está sendo emitida nestas grandes lojas", Ann ri abertamente deles. "Não se esqueça que a barganha é ali mesmo, o que, mais tarde, estará em promoção..." E a grande variedade não era sempre de grande ajuda. Como dizem os chineses, em última análise, a disponibilidade de uma grande variedade não é muito diferente da falta dela.

No entanto, esses pensamentos a deixaram por alguns instantes e "os sons do seu coração" não tiveram acesso à sua mente durante essas três horas. Era como se ela tivesse parado de pensar com o seu próprio cérebro. Ou talvez fosse o contrário: sua cabeça havia sido tomada por pensamentos que nada tinham a ver com ela. Como uma personagem de história em quadrinhos bidimensional, Ann continuou vagando de uma loja para outra, com uma bolha acima de sua cabeça, na qual não havia nada, a não ser o frasco branco, matizado e bem grande do perfume em questão. O sentimento de êxtase do voo espiritual que ela havia experimentado apenas alguns minutos antes agora havia se transformado em um tormento peculiar, nunca antes experimentado – como se ela tivesse tomado um poderoso sedativo e os seus sentidos tivessem sido totalmente desligados – e a única coisa que poderia tirá-la deste estado e restaurá-la em sua forma tridimensional era comprar o perfume.

Mas esse tormento não era desagradável, de forma alguma. Pelo contrário! E talvez por isso mesmo ela não estava com nenhuma pressa de fazer a compra: como se prolongasse o prazer de não pensar em mais nada.

Sem sair desta condição de tormento, Ann percebeu que era hora de partir em direção ao portão e automaticamente se dirigiu ao banheiro mais próximo para a "costumeira" visita antes do voo. Ao mesmo tempo e da mesma maneira automática, ela descobriu que tinha que andar muito até o seu portão, isto é, ainda haveria lojas suficientes ao longo do caminho.

Após um curto período de tempo, Ann havia passado por todas as lojas de perfume restantes, e ainda estava de mãos vazias! De repente, sentiu seu coração mais leve. O pensamento de que, sim, ela havia perdido o seu tempo, mas pelo menos não o seu dinheiro, começou lentamente a se espalhar em sua mente, como uma reflexão vaga e reconfortante – aparentemente no lugar do perfume – e em pouco tempo ela conseguiu afastar completamente a vergonha que havia começado a subir dentro dela ao mesmo tempo. Bem, ela não havia estudado o "seu" chinês, pensou calmamente consigo mesma, mesmo sem perceber sua própria hipocrisia, mas esse dinheiro pagaria várias aulas extras.

E enquanto estava tentando descobrir exatamente quantas seriam, percebeu que se sentia mais leve não apenas no sentido figurado.

Ann parou por um momento e lançou um rápido olhar para a parte inferior do carrinho, onde havia colocado sua bagagem de mão. Ela estava lá, só que escondida debaixo do casaco, que estava sobre a cestinha na parte superior do carrinho. Portanto, ela deve ter apenas imaginado isso – tudo estava lá, em seu devido lugar.

Ann continuou andando e alcançou mecanicamente o seu ombro – para colocar a alça de sua bolsa no lugar de que constantemente caía. Ela tinha o hábito de sempre colocá-la na cestinha à sua frente, sob o casaco, mas ainda mantinha a alça pendurada no ombro – um legado dos seus anos de Nova York, quando aprendeu a nunca deixar sua bolsa sozinha.

No entanto, agora não havia nenhuma alça à mão para pegar. Ela olhou por baixo do casaco: a bolsa não estava lá!

Ann ficou congelada, paralisada no local – era por isso que estava se sentindo tão leve! – E não conseguiu dar mais nem um passo sequer: ela simplesmente não podia acreditar nos seus olhos. Ter esquecido sua bolsa em algum lugar era algo inimaginável para ela! E ninguém poderia tê-la roubado – não do jeito que ela a havia guardado!

Um arrepio estranho subiu pelas costas de Ann e bateu direto em sua nuca. Era como se uma porta houvesse sido aberta em sua cabeça e todo o tormento em que ela estava tivesse sido envolvido em um nevoeiro, e esse, por sua vez, tivesse dispersado imediatamente. Naquele exato momento, Ann recuperou o acesso à sua própria mente. Era como o clique de um fusível automático: seus sentidos retornaram ao trabalho, e em um instante o mundo diante de seus olhos clareou.

Mas havia algo surreal sobre este "clarear". Foi como acordar não de, mas dentro de um pesadelo. Pois dentro de sua bolsa havia seus cartões de embarque, seu passaporte, seu dinheiro, seu telefone celular – sem eles ela simplesmente não poderia nem entrar no avião nem deixar o aeroporto. Além disso, o tempo de repente não corria mais atrás dela, mas à sua frente, e como em um pesadelo novamente, como um homem que de vez em quando cutucava seus ombros e zombeteiramente apontava para o relógio. Ela agora tinha menos de dez minutos para embarcar!

Ann virou à direita abruptamente e começou a correr, com o seu carrinho na frente, em um ziguezague pelo meio da multidão que vinha na sua direção – não havia como mudar para a "pista" oposta, pois o parapeito das calçadas estava no meio. Ela chegou à primeira loja (em ordem inversa): a bolsa não estava lá e nem nas seguintes. Será que ela a havia esquecido no banheiro? Ann se lembrou que havia pedido para uma mulher dar uma olhada em seu carrinho, e ela havia entrado na cabine com a bolsa, e a havia pendurado na porta. Portanto, era lá que ela a havia esquecido! Mas onde era aquele banheiro? O aeroporto era enorme. E será que a bolsa ainda estaria pendurada lá? E se estivesse, o que haveria restado dentro dela? Ann estava prestes a cair em prantos, estava apavorada e com raiva de si mesma. Entrou em um banheiro: não era aquele. Em seguida, em outro: mais uma vez, o banheiro errado. Sua camiseta estava colada em suas costas. Ela já estava sem fôlego. Por fim, ela reconheceu o café à direita e invadiu o banheiro bem próximo a ela.

A visão mais inesperada a aguardava: três policiais altos, com rostos sérios e tensos, estavam em alerta total na frente de uma cabine totalmente aberta, e várias mulheres aterrorizadas, quase coladas aos cantos de medo. No momento em que Ann apareceu, um dos policiais virou-se abruptamente em sua direção, revelando, assim, a porta da cabine e o centro de toda a agitação: sua bolsa! Ainda estava pendurada lá no gancho – da forma mais inócua possível, mas, ao que tudo indica, perigosamente sozinha nesses tempos em que vivemos.

"Graças a Deus!" Ann gritou, correu em direção a eles e pegou a bolsa.

Eles a arrancaram dela em um *flash*.

"Então foi você quem deixou isso aqui?", Um dos policiais disse, desconfiado.

"Graças a Deus! Graças a Deus!" Ann repetia, ou melhor, soluçava, com as lágrimas que agora estavam correndo livremente pelo seu rosto, e então ela instintivamente estendeu a mão novamente para pegar sua bolsa.

"Você não pode tocá-la antes que a passemos pelo *scanner*", disse o outro policial com uma cara fechada.

"Mas essa é a minha bolsa," Ann choramingou. "Deixe-me ver se está tudo aí."

"Senhorita, você terá que vir conosco imediatamente. Esta bolsa está sujeita a uma averiguação de segurança. E você também", informou a policial que estava segurando o "tesouro".

Ela, obviamente, teve pena de Ann e ligeiramente abriu a bolsa para que ela pudesse dar uma olhada rápida dentro dela. Graças a Deus, tudo parecia estar lá!

A policial estava examinando de perto as reações de Ann e agora ela certamente sabia que não havia nenhuma razão para qualquer alarme, mas ela continuou em um tom rude:

"Você não entende, senhorita! Um alerta foi emitido. Essa mulher encontrou uma peça de bagagem desacompanhada".

Só então Ann notou uma pequena mulher idosa de cabelos curtos e brancos, pálida, vestida com uma roupa de viagem bege clara, de pé ao lado deles. Ela estava tão frágil e pálida, e com tanto medo, que parecia ter diminuído e quase desaparecido entre as três figuras poderosas. Ann correu para abraçá-la e se sentiu muito desconfortável quando ela lhe pediu para ver o conteúdo de sua bolsa. A mulher começou a falar em espanhol, estava muito nervosa; aparentemente não sabia uma palavra em inglês e estava extremamente assustada. Mas antes que Ann tivesse conseguido expressar corretamente sua gratidão – se ao menos ela tivesse tido tempo de pegar o nome, endereço ou número de telefone da mulher, pensou mais tarde – a paciência das policiais chegou ao fim. Uma delas pegou em seu cotovelo e lhe apontou a saída. Ann tentou mais uma vez apaziguar a situação: a menos que ela se dirijisse ao portão imediatamente, ela não conseguiria embarcar, mas todos os seus argumentos caíram em ouvidos surdos. Na verdade, naquele momento ela mesma não estava se importando se conseguiria embarcar – tudo o que importava era que a bolsa havia sido encontrada.

E assim, em meio ao suor, as lágrimas e a maquiagem borrada, um sorriso brotou em seu rosto, e ela deixou-se ser conduzida e escoltada através da multidão do aeroporto da maneira ostensivamente mais difícil. As pessoas automaticamente recuaram, algumas ficaram assustadas e pararam por um instante, espantadas com a cômica discrepância entre os sérios guardiões da lei e a "detida" radiante. O *scanner* mostrou, obviamente, que tudo estava bem, e os papéis na bolsa identificaram Ann como Ann. Os policiais finalmente sorriram livremente para ela, ou melhor, explodiram numa gargalhada: era melhor não desacreditar no sexo feminino com tanta distração de novo! Em seguida, devolveram o seu tesouro, e ela correu para o avião. Ela literalmente chegou no último instante, desabou em seu assento, e não sabia se deveria se entregar às lágrimas ou ao riso.

"Se ao menos este fosse o fim da história", pensou Ann.

Mas este não era o caso. Esta história também, como a da sua avó, tinha um "PS", embora com um sinal diferente.

Ann não foi levada ao êxtase, como de costume; quando o avião estava voando, ela estava bem natural. Quando chegou ao seu país natal, no entanto, algo contrário a qualquer lógica e bom senso aconteceu. Era tarde da noite, e a caminho da esteira de bagagem Ann de repente desviou para a direita e se dirigiu à única loja *duty free* aberta naquele momento, supostamente para verificar o preço do perfume em questão, e... Ela o comprou! E por um preço justo.

E, assim, Ann tentou encarar tudo como uma piada: afinal de contas, ela também era uma mulher e também tinha direito a caprichos habituais das mulheres. Ela ainda tentou desviar sua atenção a uma direção diferente – ela interpretou o encontro com a sua salvadora idosa como um bom presságio, e de fato algo maravilhoso, referente à Espanha, não demorou muito para se tornar realidade.

No entanto, tudo isso não alterou nem anulou o absurdo incidente. O grande frasco de perfume inequivocadamente a lembrara da seguinte verdade: ela não precisava dele, e ela mesma havia se negado – não aos olhos dos outros, mas aos seus próprios! Sentia que se realmente precisasse, se não tivesse ficado tão obcecada – ela o teria simplesmente comprado em cinco minutos, o que teria sido o fim da história. Claro, seria fácil colocá-lo em algum lugar fora da vista e tentar esquecê-lo e esquecer também sua própria estupidez. Mas ela decidiu não enganar a si mesma. Ela o colocou em local bem visível e começou a usá-lo, até mesmo de uma forma um tanto displicente, a fim de terminá-lo o mais rápido possível. Ela decidiu, ou melhor, sentiu que esta era a única maneira de por um fim nesta história vergonhosa. Quando finalmente pulverizou as últimas gotas, Ann ritualisticamente o jogou no lixo reciclável e saboreou a "música" dos estilhaços.

"Como nossa memória é curta!", Pensou ela, mais uma vez se transportando para o "aqui e agora". "Especialmente no que diz respeito às coisas que gostaríamos de não ter feito."

Ela não podia acreditar: esquecer tudo isso de forma tão rápida e, acima de tudo, se vangloriar de forma tão presunçosa sobre estar fora do alcance do que Muhcho chamava de pensamentos lixo...

Porém, algo havia acontecido no decorrer deste incidente – um detalhe que não tinha nada a ver com a sua essência mas que não deixava de pairar sobre a cabeça de Ann.

No avião, no caminho de volta, logo após ter conseguido recuperar o fôlego, ela tirou o maço de folhas amarelas da bolsa – não para estudar, porque naquele momento ela não tinha nem força nem vontade para isso. Ela estava somente apertando as folhas contra o peito, como se aquele abraço fosse compensar sua traição. Ela então fechou os olhos na tentativa de se acalmar e retomar totalmente os seus sentidos.

Quanto tempo havia se passado – ela não tinha ideia, mas em um momento ela sentiu uma carícia no rosto. Deu uma olhada: um de seus anões a estava acariciando com uma pequena pena.

Ann reagia de modo especial a penas. Ela acreditava que havia algo de mágico sobre elas: quase desaparecem quando você as molha e, em seguida, se expandem novamente, como se ressurgissem do nada. Além disso, em sua essência etérea, parecem estar ligadas ao ar – que parece se materializar nelas, e, por outro lado, são como a sua extensão. Uma pena fofa de cisne estava sobre a mesa de Ann há muitos anos e nunca deixou de surpreendê-la: como, especialmente contra um fundo de luz, cada um dos seus minúsculos espinhos parecia exatamente um aglomerado de gotas de neve ou um tufo de geada em uma janela no inverno. Além disso, quando na estrada, estava invariavelmente acompanhada de um talismã em sua bagagem de mão vermelha: o pequeno travesseiro no qual ela dormia quando criança. Suas penas ficavam constantemente para fora da fronha, e ela meticulosamente as colocava de volta, como se fossem tesouros.

Naquele momento de carícia, a pena na mão do anão poderia muito bem ter sido exatamente uma daquelas penas do pequeno travesseiro: poderia ter facilmente acabado entre as folhas amarelas, uma vez que eles estavam na mesma bolsa!

Mas poderia não ter vindo de lá...

Foi naquele exato momento que outro de seus anões lançou um olhar sugestivo para a janela e lhe deu aquele monóculo, pelo qual podia ver seus anões, onde quer que estivessem. Ann o havia virado em direção à janela – eles estavam voando por uma nuvem esparsa, que parecia sinal de nevoeiro chegando – e ali mesmo, do lado de fora, ela viu o resto de seus anões, pulando felizes para cima e para baixo, como se fossem crianças pequenas que acabaram de terminar uma luta de travesseiros, e como se um dos travesseiros tivesse sido rasgado e agora estivessem todas cobertas de penas.

Será que aquela pena que estava ali dentro do avião, bem no seu rosto, era uma daquelas penas de lá de fora? – Ela pensou consigo mesma na época.

Já era tempo de falar com sua mãe sobre o assunto que Muhcho invariavelmente evitava – Ann havia decidido – e desta vez ela insistiria em obter uma resposta por todos os meios.

capítulo 9

O último poder mágico

O enxame finalmente passou, e o zumbido tedioso gradualmente desapareceu. Ann sentou-se no campo, e, no meio das cabeças heterogêneas das flores silvestres, pegou um dente-de-leão. – adorava ver suas bolas macias voando para longe. Ela soprou a flor, mas no momento seguinte, a brisa mudou seu curso e elas voltaram para o seu rosto. Fechou os olhos. Seu toque era tão suave como se estivesse sendo acariciada por muitas peninhas.

"Vamos lá, querida, é hora de levantar!" A voz de sua mãe ecoou de longe.

Ann deu uma olhada fugaz pelos seus cílios: bolas brancas macias do dente-de-leão continuaram vindo em sua direção. Ela sorriu alegremente e virou a cabeça um pouco de lado para seguir a direção do vento e prolongar o prazer.

"Você não ouviu o alarme? Ele já tocou faz tempo", desta vez a voz de sua mãe estava muito mais perto.

Ann abriu os olhos e, bem à sua frente, viu a pena de cisne na sua mesa, em seguida a mão de sua mãe e depois, no fundo do quarto, Muhcho sentada na cama. Ann olhou para o lado, olhou para o relógio e franziu a testa. Seu sonho havia encolhido consideravelmente, ela tinha "pensado" que todo o dia anterior com todo o seu trabalho sem fim até tão tarde da noite – poderia ter sido de grande importância para ela, mas por que se preocupar, e, por assim dizer, ficar tão "fissurada" com seus pensamentos de ontem de manhã? Na verdade, não foi o sonho que havia "feito" isso, mas sim aquela pena na mão de sua mãe – Ann percebeu, ainda sem ter se mexido.

"Vamos lá, levante-se!" Muhcho insistiu um pouco impaciente, e, como se tivesse oferecendo um doce para uma criança, em troca de algo que não faria, ela acrescentou, "Você estava tão ansiosa para falar sobre aquele pedacinho rosa no avião para Porto Rico, aquele que você está curiosa para descobrir se era um algodão-doce ou não. Bem, finalmente, chegou a hora. Não levante!"

Os olhos de Ann se esbugalharam e ela imediatamente sentou-se em sua cama.

"Sei que estou vivendo em uma espécie de 'Big Brother'! Assim que penso em alguma coisa, sou pega no pulo! E posso perguntar por que tivemos que esperar por tanto tempo?"

"Bobagem!" Sua mãe sorriu. "No 'Big Brother' eles não podem fazer isso. E graças a Deus! Eles só podem vê-la fazer as coisas. Os pensamentos são nossa província – digo, província das feiticeiras!"

Ela fez um gesto teatral autoconfiante com os braços, o que significava que "alguns de nós podem, outros não – simples assim!", E se dirigiu à cozinha, dizendo:

"Vamos lá, vá se aprontar no banheiro e venha tomar café da manhã comigo!"

"Tenho que admitir que desta vez estou absolutamente chocada", disse Ann, escondendo-se à mesa em frente a sua mãe um pouco mais tarde. "Você bateu todos os recordes agora!"

"E por que você acha isso?" Sua mãe encolheu os ombros atordoada.

O rosto dela não tinha o menor traço de teatralidade, mas Ann ainda lhe deu um daqueles olhares "eu-não-engulo."

"Por quê?! Você quer dizer que saber o que eu queria lhe perguntar desde ontem de manhã não é chocante?"

"Quero dizer que, desde ontem de manhã, estava planejando falar sobre os poderes mágicos – os nossos e os dos anões", Muhcho respondeu com uma voz perfeitamente composta. "Isso foi o que lhe prometi, não foi?"

Ann piscou um pouco confusa.

"Bem, essa coisa com o algodão-doce... se for algodão-doce mesmo, é claro... é pura magia. É que eu pensei... quando você mencionou os poderes mágicos dos anões... que você estava se referindo a sua coleção de monóculos mágicos. E também, aquele "ritual do sol", com o qual você me curou em Porto Rico, e que, como sabemos, tem se repetido cada vez que fico doente, desde que eu era criança. Nunca esquecerei daquela experiência, ou melhor, daquele milagre! "Animada, Ann fez uma pausa por um tempo e, em seguida, acrescentou: "Sim, estava convencida de que estes eram os poderes mágicos dos anões. Por que, há mais?!"

"É claro que há," Muhcho respondeu. "Na verdade, há mais um. Mas é muito especial e nós muito raramente o vemos com os nossos próprios olhos. E se o vemos, provavelmente pensamos 'não pode ser verdade'. Como no seu caso, por exemplo." Sim, aquele pedacinho rosa era exatamente o que você viu: nuvem se transformando em algodão-doce. E, sim, aquela peninha dentro do avião de Amsterdã havia vindo lá de fora – era uma daquelas penas com as quais os seus anões estavam brincando. Você estava se questionando sobre isso também, não estava?"

Ann balançou a cabeça, totalmente atordoada.

"Mas como você pode ter tanta certeza?"

Sua mãe pareceu contrariada.

"Este poder mágico tem até um nome próprio: *a alquimia dos anões*. E você sabe quem o chama assim? Aquelas pessoas que servem a antinatureza. E como poderia ser diferente? Afinal, o grande "sonho" desde tempos imemoriais tem sido o de transformar água em ouro... Você presenciou apenas duas metamorfoses muito inócuas, mas a verdade é que os anões podem transformar qualquer coisa. Qualquer coisa! Essa é a razão para esse enorme interesse nesta magia especial deles. Não que não haja interesse no resto de seus poderes mágicos. Por exemplo, os monóculos verdes, pelos quais os anões de outras pessoas podem ser vistos, são perfeitos para espionagem. Mas a tecnologia está tão avançada que isso não importa muito. O que mais importa é a alq..."

"Espere, espere!" Ann interrompeu. "Ontem você disse que os poderes mágicos dos anões eram nossos, de pessoas, ou seja, antigos poderes mágicos dos tempos antigos. Então, houve um momento em que nós também podíamos fazer isso?"

"E de onde você acha que vieram todas as metamorfoses dos 'mágicos' contos de fadas?" Muhcho, por sua vez, respondeu com uma pergunta. "Cobrindo mesas com comida, simples assim, do nada... A transformação de pessoas em animais ou vice-versa... A fantasia humana dificilmente coincide com a fantasia da vida real. Os contos de fadas são nossas memórias daqueles tempos que não foram registrados, quando havia uma verdadeira união entre as pessoas e a natureza. Lembre-se, estes 'milagres' geralmente ocorrem quando algo de bom está para ser alcançado. Não que alguns contos de fadas posteriores não tenham adicionado todos os tipos de 'variações sobre o tema'. Mas eles não são nada mais do que uma distorção da memória, bastante ponderada às vezes. Algo como os falsos axiomas dos quais lhe falei. Pois naqueles dias de outrora, havia uma condição essencial para que essa alquimia fosse feita: tinha que ser por uma boa causa. Em algum momento, porém, abusamos dela, quando também tentamos usar esse nosso poder para outros fins, e então nós o perdemos. Ou, para ser mais precisa, a memória sobre esse fato foi tirada de nós. Mas só..."

"Desculpe-me interrompê-la novamente", disse Ann, mas há algo que não entendo muito bem. Se a condição essencial para essa alquimia 'funcionar' é que ela deve ser usada para bons propósitos, como a antinatureza consegue fazer uso dela?"

"Bem, aqueles que servem a antinatureza estão convencidos, é claro, que a moral não tem importância, uma vez que se apossarem do segredo, ou, uma vez que aprenderem o mecanismo, por assim dizer – como sabe, para eles, tudo pode ser reduzido e explicado por mecanismos – por isso, não há como não funcionar, e eles conquistarão o controle sobre todo o mundo material. Você entende como isso é importante para eles! No entanto, há mais uma razão para que a luta seja tão feroz, ainda mais importante do que isso."

Muhcho fez uma pausa. Como de costume, nesta fase de sua conversa, Ann tornou-se sábia o suficiente para abster-se de ficar interrompendo sua mãe, e assim, esperou que ela terminasse pacientemente.

"E assim", Muhcho continuou, "uma vez a nossa memória foi tirada de nós, mas apenas temporariamente e não completamente, somente nesta questão. Claro, "temporariamente" pode ser por milhares ou milhões de anos. E "não completamente", pois em algum lugar dentro de nós, em um nível de energia, há uma partícula, por assim dizer, na qual esse poder mágico foi preservado – como é comum dizer agora, está 'codificado' lá – e ainda podemos manipulá-la. E começamos – ou estamos começando – a despertar para essa parte de nós mesmos. Nesta fase, isso se materializa através dos anões. No momento em que abrirmos completamente os nossos olhos para esta parte da nossa essência, então talvez – talvez! – um dia recuperaremos a nossa memória da alquimia em questão. E na verdade, esse é o problema."

"O problema?"

"Ou melhor, a outra razão, mais importante para a luta ser tão feroz", explicou Muhcho. 'É por causa deste processo de' despertar que todos esses esforços têm sido feitos: se os antinatureza e os que servem a ele colocarem suas mãos sobre os poderes mágicos dos anões, eles não permitirão que ninguém mais os toque."

"Mas temos mais um poder mágico," Ann disse. "Isso foi o que você disse ontem, certo? O que eles estão tentando tirar de nós pelos mesmos métodos."

"E, infelizmente, por esses métodos serem tão eficazes, nós controlamos, ou melhor, praticamos esse poder mágico apenas parcialmente agora. E também há um enorme risco de que podemos esquecê-lo. E este não é apenas o nosso último poder mágico. É a nossa última saída.

"Parece apocalíptico", Ann se encolheu, como se de repente estivesse com frio.

"E é quase isso mesmo", respondeu Muhcho. "Mas só quase, Graças a Deus! No começo, porém, soará bem diferente para você, pois estamos falando sobre o amor incondicional aqui."

"Incondicional?" Ann repetiu as palavras de sua mãe, como um eco.

"Sim. E estou deliberadamente usando esta frase, embora seja pura tautologia. Pois, o amor - o amor verdadeiro! – é incondicional por definição. Mas se eu tivesse acabado de lhe dizer que o amor é o nosso último poder mágico, teria soado banal para você, certo?"

"Sim, francamente falando," Ann estava se sentindo confusa.

"E você tem toda a razão! Não importa o quanto eu preferiria que não soasse assim." Muhcho surpreendeu sua filha novamente. "E você sabe por que está tão certa? Por um lado, há essa conversa constante sobre o amor. Mas o mais importante, a maior parte desse amor nada mais é que um jogo, uma representação, uma maneira de possuir a outra pessoa, um exercício de poder. É como se o amor fosse apenas luta e competição, algum tipo de teatro, no sentido de algo falso, algo que não é genuíno, mas apenas fingimento. Ou tudo se resume a sexo. Em outras palavras, falsidade – essa forma de antinatureza – conseguiu infectar até mesmo o amor. Tudo isso não é por acaso, é claro. É o resultado de um longo processo: o processo de desacreditar no núcleo incondicional do amor, isto é, o que faz o verdadeiro amor ser o amor sem reservas e sem agenda oculta, sem expectativas e sem exigências. O amor como a nossa essência interior, puro, com motivos exteriores."

Muhcho parou por um momento e tentou sorrir:

"Estou prestes a oferecer-lhe um pouco mais de uma teoria de conspiração. Está claro para você, certo?"

Ann não respondeu – ela sabia que sua mãe não estava brincando.

"Bem, gostaria que esse fosse o caso", continuou Muhcho." Pense nisso. Durante séculos, de uma forma ou de outra, a fé em Deus tem sido enfraquecida. Ao longo do século passado, por sua vez, o medo dos nossos entes queridos foi introduzido em nós. Valores, como o respeito às pessoas de idade, os laços naturais no seio da família, imediata e prolongada, têm sido postos em questão, pelo menos no chamado mundo "desenvolvido". Agora, há até mesmo uma tentativa de desmascarar a santidade do amor materno e paterno. Não que nunca houve exceções em todas essas questões. O problema é que são esses desvios do natural que agora estão sendo oferecidos como exemplos do que é completamente normal..." Muhcho subitamente interrompeu. "Você se lembra do ímã do amor?"

"O qual nos ajuda a nunca perder o contato com os anões?!" Ann exclamou, um tanto exaltada – pois, ela se lembrou de como havia ficado animada com a ideia de sua existência – tão exaltada, como se ela tivesse quase se esquecido.

"Isso tem a ver exatamente com o amor incondicional", disse Muhcho. "Pois o amor incondicional é a nossa própria essência como pessoas. É a compaixão e misericórdia, a pureza de nossos pensamentos e ações. Em suma, é a humanidade. E o processo que estou te falando – o de desacreditar no amor incondicional – tem apenas um objetivo: desmagnetizar as pequenas partículas do ímã do amor, que residem dentro de cada um de nós. Se isso acontecer com todos eles, o ímã do amor parará de funcionar, e 'voaremos', figurativamente falando, de um para o outro – assustados e confusos, alienados de tudo e de todos, alienados de nossa essência humana em primeiro lugar . E isso já está acontecendo em um certo grau."

"Mas não a princípio, correto?", Ann perguntou timidamente.

"Não, graças a Deus!" Respondeu sua mãe. "Mas o processo está sendo executado em um ritmo muito rápido. Pois, agora você está ciente de que todos os geradores de pensamentos ruins e os silenciadores dos nossos próprios pensamentos estão trabalhando para isso. E o resultado é que cada vez mais raramente amamos incondicionalmente juntos. Ou seja, não somente a pessoa ao nosso lado, os nossos filhos, os nossos empregos, mas também todas as pessoas, a natureza, a Bondade a todos." Amar incondicionalmente a todos acabou – ou está acabando – está fora de moda, está sendo relegado ao primitivo, quase uma parte da mentalidade tribal. Em outras palavras, ele está sendo enviado à categoria "atrasada". Ao mesmo tempo, o amor de um-a-um é percebido e promovido como o oposto, como um sinal de civilização."

"Parece a fórmula 'divisão e regra'," disse Ann.

"E é esse o nosso último poder mágico – o amor incondicional – que só será de fato eficaz se o 'praticamos' juntos. Essa é a questão! E é também uma espécie de alquimia. Somente neste caso traz uma metamorfose do espírito, não de coisas materiais. Imaginem como essa alquimia funciona entre duas pessoas – ainda que por um curto espaço de tempo – e você ficará ciente do que aconteceria se a escala fosse ampliada. Os pensamentos puros e bons de muitas pessoas, com foco em fazer o bem juntas – isto é, o nosso amor incondicional comum – podem fazer maravilhas, podem transformar o mundo. Esta alquimia faria a causa da antinatureza ser perdida completamente, faria sua existência inútil a princípio".

"Mas isso parece ser quase impossível", disse Ann. "E você sabe que eu disse *quase*, apenas para não parecer sem esperança."

"O atual estado das coisas parece estar assim por causa dos falsos axiomas", respondeu sua mãe. "Mas é quase impossível por uma outra razão: a violência e suas dimensões. Aqui está o maior obstáculo enfrentado pelo amor incondicional. O que torna extremamente difícil para as pessoas a 'prática' – a palavra é, claro, 'mestre' – é o perdão, o aspecto supremo do amor incondicional. Pense nisso: raramente conseguimos perdoar rapidamente, mesmo nas situações mais comuns, cotidianas, muito menos quando se trata de violência infligida a um ente querido, parentes próximos, ou a nós mesmos... A violência tem um efeito bumerangue automático. Ela evoca a necessidade de vingança, o que também é violência, e assim se repete por inúmeras vezes. A única coisa que pode 'cortar' esse círculo vicioso e restaurar a harmonia é o perdão. Pois, quando você supera sua dor pessoal e resiste à tentação de revidar, você ajuda não só a si mesma, mas a todos os outros também. Claro, é muito fácil dizer isso, mas são muito poucos que realmente conseguem fazê-lo. E é ainda mais difícil para todos nós fazermos isso juntos."

"Sempre pensei que por trás da violência em grande escala – na forma de guerras e situações parecidas – não houvesse nada mais do que interesses comerciais, disse Ann. Em outras palavras, o motivo é sempre o dinheiro."

"O dinheiro tem o seu papel, é claro", Muhcho respondeu com um tom de desdenho. "Mas agora, o núcleo deste encorajamento histérico de violência – como você pode ver, está se tornando quase obrigatório, mesmo em arte! – Portanto, o núcleo tem o mesmo processo contra o amor incondicional."

"Mas, qual é o resultado disto: a batalha está perdida? Que chance temos?"

Muhcho deu a Ann um olhar inquisitivo – sua filha estava prestes a aprender uma outra, desta vez a última verdade chocante de seus vários dias de conversa – e ela respondeu:

"Os desastres naturais são a nossa chance." E, como ela já esperava, Ann, mais uma vez ficou de boca aberta. "Sim, querida, por mais paradoxal que possa parecer. Não é por acaso que a natureza tem nos enviado muitos deles recentemente."

"Já ouvi todos os tipos de interpretações deste fato, mas nada comparado a isso", disse Ann com os olhos arregalados.

"Sim, há outras razões, é claro. Sem mencionar o quão fácil é para nós ver tudo isso como uma forma de retribuição. Faz sentido, dado todo o mal que fizemos com a natureza. Mas lembre-se que ela é nossa mãe, e que o amor materno é incondicional. Esqueça todas as teorias atuais que dizem que isto é, supostamente, uma mentira. Portanto, a natureza está nos enviando todas essas provações não como um castigo, mas como uma oportunidade. Uma oportunidade para nos lembrar o que é solidariedade humana. Esta é a forma mais natural de nos comportarmos uns com os outros. Uma chance de sacudirmos a apatia e a indiferença, para obtermos uma experiência de desarmonia em primeira mão e vermos o que temos aceitado como 'normal', desde que aconteça com as outras pessoas mas não conosco. As catástrofes naturais são o grande sinal de que a natureza está nos mostrando o caminho para a nossa única saída possível: praticar o nosso último poder mágico, direcionando sua imensurável e toda-poderosa energia para o bem comum de todos nós. Só então poderemos dar uma virada e propiciar uma mudança. Só então o que parece ser irreversível – destruição, caos e injustiça – poderá ser revertido. Em suma, só então a harmonia do nosso mundo desorientado poderá ser restaurada."

Ann estava olhando melancolicamente para sua mãe:

"Mas isso é utopia, pura e simples!"

"Se você não acredita que temos esse poder dentro de nós, então, sim, é utopia!" Muhcho encolheu os ombros. "Mas basta olharmos em nossos olhos no espelho a fim de ver – ou melhor, a fim de nos convencer plenamente – que não terminamos onde os nossos corpos terminam. Há tantas coisas que não sabemos que sabemos, coisas que estão ao nosso lado, tanto dentro quanto fora de nós... Enfim... não tentarei persuadi-la agora. Minha tarefa era lhe contar sobre tudo isso e alertá-la que mais e mais pessoas estão acordando para este fato. Pois esta é realmente a nossa última saída. Em outras palavras, a situação não é desesperadora, pois esta última saída está disponível para todos nós. Se iremos escolhê-la ou não é outra história... Mas cabe a nós, e só a nós."

Esta é a última saída... a última saída... a última saída... Não importava o que ela pegasse para fazer naquele dia, as palavras de sua mãe daquela manhã não paravam de ecoar na cabeça de Ann. Primeiro, como ela as tinha ouvido. Pouco a pouco, porém, a voz de sua mãe foi se transformando, e as palavras começaram a vir como frase de anúncio de filme de terror – ameaçadora, esmagadora, apocalíptica –, e a voz agora era masculina – aquela voz onipresente, como se fosse aquela mesma voz que soa em todos esses anúncios. Em seguida, as palavras assumiram uma nuance mais suave – como se sua mãe houvesse recuperado seu direito sobre elas. Além do mais, elas começaram a vibrar com uma nova frequência, que haviam iludido Ann até então. Elas soavam mais calmas, até mesmo incentivavam, alguma esperança começou a pulsar nelas. E quando, às cinco da tarde, como combinado com sua mãe, Ann entrou no grande pátio na parte de trás do prédio, seu estado de espírito não era apenas eufórico, ela estava imensamente feliz. Ela amava o mundo inteiro e tinha a sensação de que o mundo todo a amava. Havia uma mola em seu passo e voar parecia apenas uma questão de escolha.

Muhcho estava esperando por ela em um banco meio quebrado, um banco na mesma condição miserável daquele que havia em frente ao prédio adjacente. Ann sentou-se ao lado dela. A espessa camada de folhas amarelas recém-caídas havia coberto o lixo no chão e estava criando uma ilusão de limpeza. E quando os gatos "locais" correram e se abrigaram aos seus pés, uma sensação de aconchego pousou com eles – como se estivessem sentados todos juntos no quente e colorido colo do Outono.

"Que animal você é hoje?", Disse sua mãe. "Na verdade, não sei por que estou perguntando a você. Eu devia ter adivinhado imediatamente." E ela apontou para dois dos gatos, os quais, naquele momento, enrijeceram suas costas em um arco, como se estivessem vendo um cão, porém, não tão assustador. "Você não é um cachorrinho daquela raça marrom-chocolate, como o cão em Frankfurt?"

"Ah, por que a pretensão? Quem foi que me transformou exatamente nele hoje?" Ann respondeu.

Os gatos começaram a ronronar e a se esfregar contra suas pernas e em meio aos "miaus" das multivozes – Ann poderia jurar! – Um agudo "au" interveio. Ela aguçou seus ouvidos, e sua mãe apontou com os olhos em direção às suas costas. Na parte de trás do banco um gatinho marrom tigrado havia se acomodado, e agora estava prestes a colocar suas patas no ombro de Ann. E o fez, e bem perto do seu ouvido ela ouviu o mesmo agudo "au", o que poderia facilmente passar por um "miau", e que logo se transformou em um ronronado constante.

Ann sentiu os olhos sorridentes dos anões de sua mãe – eles estavam saindo do seu local favorito, a bolsa de Muhcho – e piscou para eles. Seus próprios anões, é claro, estavam em seus lugares favoritos.

Ela estava prestes a brincar com eles também, quando o sol surgiu em uma fenda entre dois prédios e lambeu seu rosto.

Ann fechou os olhos com alegria e, exatamente como naquele último início de noite em Frankfurt, ela sentiu que não era mais apenas um território marcado pelos contornos de seu corpo, que de alguma forma ela estava pisando além de seus limites, e todo o seu ser se fundiu com a beleza do final da tarde. Poucos dias depois, ela estava na estrada de novo, e já antecipava o êxtase que experimentaria na decolagem do avião. Agora, porém, de repente, ela se deu conta de que a mesma coisa estava acontecendo com ela naquele momento. Pela primeira vez, aqui na Terra! – mesmo nesta cidade feia e má – ela sentiu que tudo era possível. Uma parte dela, assim que decolou em direção às árvores, começou a saltar lentamente de uma árvore para outra, rodando, girando entre elas – como ela fez muitas vezes durante a noite em seus sonhos – e bem atrás dela, uma cascata de folhas de carmesim-

-ouro espalhavam-se em direção à terra. E lá embaixo, no banco, ela estendeu sua mão e pegou a mão de sua mãe, e era como se ela tivesse tomado o mundo inteiro em sua mão.

Graças a Deus, agora estavam do outro lado da ponte! – Muhcho pensou. E lá – do outro lado – elas não estavam sozinhas. Ela não podia vê-los, mas sabia, ela podia sentir com toda a sua alma: havia muitas pessoas lá que também haviam compreendido toda a verdade do nosso último poder mágico. E todas haviam escolhido caminhar juntas, em direção a essa nossa última saída.

Leia Magnitudde

Romances imperdíveis!

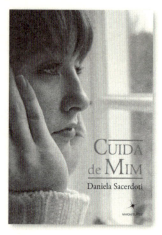

Cuida de mim
Daniela Sacerdoti

A vida de Eilidh Lawson está passando por uma séria crise. Após anos de tratamentos fracassados para engravidar, da traição de seu marido e de lidar com sua família egoísta, Eilidh entra em uma depressão profunda e fica sem chão. Desesperada e sem forças, ela busca amparo e conforto em uma pequena vila ao Norte da Escócia, onde reencontra pessoas queridas e uma vida que havia ficado para trás. Quando tudo parece perdido, Eilidh redescobre o amor pelo ser humano e por si própria e, então, coisas estranhas e forças sobrenaturais começam a aparecer. Com a ajuda de uma alma amiga, alguém que se foi, mas que mesmo assim quer ajudá-la a lutar contra os egos e os medos, Eilidh encontra seu verdadeiro amor.

Meu querido jardineiro
Denise Hildreth

O governador Gray London e Mackenzie, sua esposa, realizam o sonho de ter uma filha, Maddie, após lutarem por dez anos. Mas uma tragédia leva a pequena Maddie e desencadeia uma etapa de sofrimento profundo para Mackenzie. Quem poderia imaginar que uma luz surgiria do Jardim, ou melhor, do jardineiro? Jeremiah Williams, jardineiro por mais de vinte e cinco anos no Palácio do Governo do Tennessee, descobre que seu dom vai muito além de plantar sementes e cuidar de árvores. Trata-se de cuidar de corações. Com o mesmo carinho e amor que cuida das plantas, ele começa a cultivar e quebrar a parede dura em que se transformou o coração de Mackenzie, com o poder do amor e das mensagens passadas por Deus.

Leia Magnitudde

Reflexão e meditação

Uma questão de vida e morte
Karen Wyatt

Uma abordagem humana e comovente sobre como lidamos com os sentimentos de perda, luto e pesar, especialmente aqueles que nos acometem quando vivenciamos a morte de um ente querido. A Dra. Karen M. Wyatt parte de um profundo trauma pessoal, o suicídio do próprio pai, para empreender uma viagem literária de sabedoria e compaixão por seus semelhantes. Como se fora uma conselheira, às vezes uma confidente, ela estimula o leitor a encontrar forças para percorrer o duríssimo trajeto até a cura, sempre oferecendo uma palavra de consolo e encorajamento, lembrando-o da grandiosidade e da beleza da vida, impedindo-o de desistir no meio do caminho com as suas observações luminosas, que exaltam a temperança e a fé.

A real felicidade
Sharon Salzberg

A Real Felicidade traz um programa que visa a explorar, de maneira simples e direta, todo o potencial da meditação. Baseada em tradições milenares, estudos de casos, relatos de alunos e também em modernas pesquisas neurocientíficas, a autora Sharon Salzberg auxilia os leitores no desenvolvimento da reflexão, da consciência e da compaixão, instruindo-os em um leve passo a passo, durante um mês, rumo à descoberta de quem realmente são e por que estão aqui. Ideal tanto para os meditadores iniciantes quanto para os mais experientes.

Leia Magnitudde

Saúde e bem-estar

A solução para a sua fadiga
Eva Cwynar

Este livro ensina como manter a energia e a vitalidade. Mostra como os hormônios afetam o corpo e o que deve ser feito para equilibrá-los, evitando as famosas oscilações hormonais que esgotam a nossa energia e prejudicam a nossa saúde. A Dra. Eva Cwynar, mundialmente conhecida por seu trabalho com reposição hormonal, menopausa feminina e masculina, disfunção da tireoide, emagrecimento e superação da fadiga, apresenta aqui oito passos que podem nos trazer longevidade e qualidade de vida.

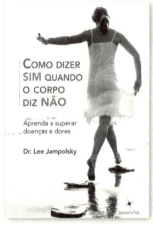

Como dizer sim quando o corpo diz não
Lee Jampolsky

Independentemente de idade ou gênero, em algum momento de nossa vida podemos nos ver diante do que o experiente psicólogo e escritor Lee Jampolsky classifica como problemas de saúde. Não importa o tipo de problema; quer seja uma simples dor nas costas, um distúrbio emocional, ou até mesmo uma doença mais grave, o fato é que, para encontrar a felicidade e o bem-estar, todos nós estamos suscetíveis a enfrentar obstáculos impostos por nosso próprio corpo. Levamos você a encontrar a liberdade, a saúde, o crescimento e a solidez espiritual mesmo na presença do problema físico/emocional mais difícil, auxiliando-o a tornar-se uma pessoa mais feliz, forte e humana que verdadeiramente sabe Como dizer sim quando o corpo diz não.

Leia Magnitudde

Autoconhecimento

Através dos olhos do outro
Karen Noe

Como médium, Karen Noe frequentemente recebe mensagens de arrependimento – entes queridos falecidos comunicam-se dizendo que agora entendem que deveriam ter dito ou feito coisas de formas diferentes quando ainda estavam na Terra. Neste livro, a autora nos mostra que não é preciso morrer para iniciar uma revisão de vida. Devemos fazê-la agora mesmo, antes que seja tarde demais. Escrevendo diferentes tipos de cartas podemos enxergar melhor como afetamos a todos que passam por nosso caminho. Assim, Karen nos traz sua jornada pessoal, mostrando como a sua própria vida se transformou depois que ela passou a escrever cartas aos seus entes queridos. Esta obra é um guia que vai lhe mostrar como escrever essas cartas.

Arquétipos – quem é você?
Caroline Myss

Nenhum de nós nasce sabendo quem é ou por que somos do jeito que somos. Temos de procurar por esse conhecimento de maneira intensa. Uma vez que a curiosidade sobre si mesma é acionada, você inicia uma busca pelo autoconhecimento. Você é muito mais do que a sua personalidade, seus hábitos e suas realizações. Você é um ser infinitamente complexo, com histórias, crenças e sonhos – e ambições de proporções cósmicas. Não perca tempo subestimando a si mesmo. Use a energia do seu arquétipo para expressar o verdadeiro motivo de sua existência. Viver nunca significou não correr riscos. A vida deve ser vivida em sua plenitude.

Leia Magnitudde

Autoajuda

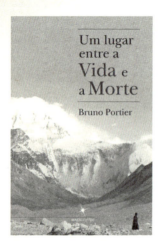

Um lugar entre a vida e a morte
Bruno Portier

Anne e Evan estão na aventura que sempre sonharam, completamente apaixonados, e viajando pela Cordilheira do Himalaia. O que eles não previam é que uma terrível tragédia iria acabar com seus planos e enviá-los para caminhos totalmente distintos. Uma história de aceitação, uma jornada emocional e espiritual, em que a mente se abre para a possibilidade efetiva de que esta vida que conhecemos não é a única, e que a morte não é o fim de tudo. Inspirado em O Alquimista, de Paulo Coelho, e Jonathan Livingston Seagull, de Richard Bach, o autor explora questões profundas sobre a vida, a morte e o amor.

O Desejo
Angela Donovan

O livro trabalha com o ideário de que pensamentos são desejos disfarçados, e que precisamos desejar algo na certeza de que teremos sucesso para que o êxito realmente aconteça. Ao todo, são 35 capítulos curtos que compõem um passo a passo e explicam como: entender os desejos e o amor, afastar o pensamento negativo, atentar-se para o uso das palavras corretas, adquirir autoconfiança para projetar uma imagem melhor, lidar com os medos, descobrir o papel de nossa vida, compreender a herança genética, alcançar equilíbrio, cuidar do coração, direcionar as intenções, concentrar-se no presente, aumentar a força, dar para receber, ser mais determinado, grato etc.

Leia Magnitudde

Vivendo com Jonathan
Sheila Barton

Sheila Barton, mãe de três filhos, sendo um deles autista, conta sua vida, desde o nascimento dos seus filhos até os diagnósticos médicos, os tratamentos errados, as pessoas preconceituosas e o mundo para criar seu filho autista da melhor forma possível. Jonathan é um menino amoroso, feliz, compreensivo e diferente. Suas enormes dificuldades de aprendizado fizeram com que Sheila se esquecesse de tudo o que já ouviu falar sobre crianças e aprendesse a viver de um modo diferente, aprendesse a ser uma mãe diferente. É uma história humana, que vai fazer você entender melhor as pessoas e a vida.

Descubra o Deus que existe dentro de você
Nick Gancitano

O livro apresenta temas e dilemas sobre religião, livre-arbítrio, sexo, dinheiro, propósito e realidade, por meio de perguntas e respostas. O autor nos leva a perceber a essência de todos os ensinamentos espirituais, fazendo que se perceba que Deus está dentro de nós, ou seja, Eu Sou Deus. Gancitano demonstra como cada um pode descobrir plenitude espiritual, clareza, força e alegria ao longo da vida. Isso acontece por meio da redenção total, percebe que, na verdade, a vida não é sua. A redenção é devotar realmente sua vida inteira a Deus: o mistério incompreensível.

Leia Magnitudde

Autoajuda

O Mestre e o aprendiz
Bertani Marinho

Na máxima "Faça aos outros o que gostaria que eles fizessem a você", conceito de fraternidade conhecido como "Regra de Ouro", Jesus resumia todas as normas e princípios das relações interpessoais. Neste livro, o autor Bertani Marinho nos faz mergulhar na história de Magno, um humilde vendedor de tapetes que descobre o caminho da prosperidade e das boas vendas ao aplicar em sua vida a "Regra de Ouro", um exemplo para todos nós de que é possível mudar, crescer, conquistar e usufruir... Tudo em equilíbrio consigo mesmo e em paz!

Coragem para Lutar
William S. Prescott

Neste livro, William S. Prescott compartilha abertamente suas dolorosas dificuldades emocionais. Lutando pela própria sobrevivência e bem-estar, William descobriu um método simples, mas eficaz, para lidar com os seus tormentos internos. Este livro tem como objetivo ajudar qualquer pessoa a enfrentar os medos que limitam a sua realização pessoal. Trata-se de valiosa inspiração para se lutar as próprias batalhas, crescer em sua própria jornada e viver a vida que se está destinado a viver.

Leia Magnitudde

Mundo animal

Seu cachorro é o seu espelho
Kevin Behan

Em Seu cachorro é seu espelho, o famoso treinador de cães Kevin Behan propõe um radical e inédito modelo para a compreensão do comportamento canino. Com ideias originais e uma escrita cativante, o livro está destinado a mudar completamente a maneira de se ver o melhor amigo do homem. O autor usa toda a sua experiência para forçar-nos a uma reflexão de quem realmente somos, o que os cães representam em nossa vida, e por que estamos sempre tão atraídos um pelo outro. Fugindo das teorias tradicionais, que há anos tentam explicar as ações dos cachorros, Behan traz à tona a ideia de que as atitudes caninas são movidas por nossas emoções. O cão não responde ao seu dono com base no que ele pensa, diz ou faz. O cão responde àquilo que o dono sente. Este livro abre a porta para uma compreensão entre as espécies e, talvez, para uma nova compreensão de nós mesmos.

GRÁFICA PAYM
Tel. (11) 4392-3344
paym@terra.com.br